बर्फ़ होते सपने

बर्फ़ होते सपने

दामोदर खड़से

वाणी प्रकाशन

प्रकाशन के उत्कृष्टतम 63 वर्ष

vaniprakashan.com

सजिल्द पहला संस्करण : 2026

वाणी प्रकाशन

4695, 21-ए, दरियागंज, नयी दिल्ली-110 002

फ़ोन : + 91 11 23273167, 23275710

शाखाएँ

अशोक राजपथ, पटना-800 004, बिहार

कॉफ़ी हाउस कैम्पस, महात्मा गांधी मार्ग, प्रयागराज-211 001, उत्तर प्रदेश

महात्मा गांधी अन्तरराष्ट्रीय हिन्दी विश्वविद्यालय, वर्धा-442 001, महाराष्ट्र

sales@vaniprakashan.in
vaniprakashan@gmail.com

Barf Hote Sapne
by Damodar Khadse

ISBN : 978-93-7348-142-5
Collection of Stories

मूल्य : ₹ 300

आर. टेक ऑफ़सेट, दिल्ली-110 092 में मुद्रित

वाणी प्रकाशन का लोगो मक़बूल फ़िदा हुसैन की कूची से

समर्पण

नयी पीढ़ी के
आदि
आराध्य
कबीर
के लिए

अनुक्रम

बर्फ़ होते सपने

वह रोज़ इन्तज़ार करता। अब उसके मोबाइल का बैलेन्स भी ख़त्म होने को है। प्री-पेड रहता है उसका मोबाइल। एक फ़ोन के इन्तज़ार में वह अब उसका उपयोग ही नहीं करता। ख़त्म हो गया तो क्या करेगा। प्री-पेड करवाने भी बारह किलोमीटर जाना होगा। इसका गाँव इतने दूर-दराज़ पर है। वह रात-दिन उधेड़बुन में रहता। माँ किसी तरह खान-पान का जुगाड़ करती। अब बूढ़ी हो गयी है वह। बड़ा भाई प्यार तो करता है। उसी ने बमुश्किल आईटीआई से डिप्लोमा करवाया इलेक्ट्रिशियन के रूप में। पर नौकरी नहीं। दो साल से बेकार बैठा हुआ है।

'बेटा, थोड़ा खा ले...' माँ की आवाज़ थी।

'रोज़-रोज़ सत्तू खाने से जी ऊब गया है...' उसकी आवाज़ में कसैलापन था।

उसके बड़े भाई ने उसकी ओर केवल देखा। कहा कुछ नहीं। वह सत्तू खाकर उठा था।

इधर वह सोच रहा था, चुपचाप खा लेता तो एक विषय ख़त्म हो जाता। भैया भी क्या करें।

अनमना-सा बैठा रहा वह।

बार-बार मोबाइल हाथ में लेता।

किसी को फ़ोन करने की इच्छा भी न होती।

मोबाइल बजा।

उसने थाम लिया ऐसे जैसे तिनके का सहारा मिल गया उसे। डूबने से बच जायेगा। आलोक का फ़ोन था। आवाज़ कट-कटकर आ रही थी, गाँव में नेटवर्क की भी समस्या थी।

'मुरली...!' दूसरे छोर से आवाज़ आयी।

'हेलो...हाँ!' उसने फ़ोन को ज़ोर से कान से चिपका लिया।

'ध्यान से सुनो...मैंने यहाँ बात की है। काम बन जायेगा...पर यह एक कोशिश ही है...बात बनी नहीं तो लौटने का इन्तज़ाम रखना। मैं अपना पता एसएमएस कर रहा हूँ...व्हाट्सएप है क्या तुम्हारे मोबाइल में...?'

'नहीं!'

'ठीक है, एसएमएस के पते पर पहुँचो। रवाना होते समय एक एसएमएस कर देना।'

'ठीक है...।' उधर से आलोक ने फ़ोन रख दिया। अब मुरली की आँखों में एक चमक थी। शरीर में गिलहरी दौड़ गयी। वह माँ के पास गया और बोला,

'आज सत्तू चलेगा...।'

'क्या बात है?' माँ, बेटे को ख़ुश देखकर उत्साहित हुई।

'दोस्त का फ़ोन आया है, मुम्बई से...।' उसकी आवाज़ शब्दों को ढो नहीं पा रही थी। बड़े भैया भी पास आ गये। शान्ति से सुन रहे थे। पूरे घर में उत्साह की लहर उठ रही थी।

सत्तू खाते-खाते उसने बताया कि 'वह दवाई लाने सोनभद्र गया था। वहाँ आलोक मिला था। हमने सोनभद्र में साथ-साथ पढ़ाई की थी। दो साल से मुलाक़ात नहीं। वह मुम्बई में नौकरी करता है। उसी ने कहा था, कोई बात बनती है तो वह बताएगा...आज उसी का फ़ोन आया था। आलोक दो साल से मुम्बई में है...।'

'पर, इतनी दूर, इतने बड़े शहर में...।' माँ की आँखों में चिन्ता की लकीर खिंच गयी।

'चिन्ता की कोई बात नहीं, उसका दोस्त है न वहाँ...।' भाई ने दिलासा दिया और उसकी निगाहें ज़मीन में गड़ गयी। कुछ सोच में पड़ गया। पिता की बीमारी के समय आधी एकड़ ज़मीन गाँव के साहूकार को गिरवी पर दी...न पिता को बचा पाये न ही आधी एकड़ ज़मीन अभी तक छुड़ा पाये। वह बार-बार चढ़ते ब्याज़ की धमकी देता है और ज़मीन के और टुकड़े पर उसकी गिद्ध नज़र रहती है। अब मुरली को मुम्बई भेजने के लिए पैसा कहाँ से आयेगा...।

माँ ने बड़े बेटे की चिन्ता ताड़ ली। बेटे की दूर जाने की चिन्ता को धकेलकर बेहतर कल के लिए उसने विकल्प दिया...'मेरे पास सोने की दो चूड़ियाँ बची हैं। तुम्हारे बाबूजी की अन्तिम निशानी। सोचा था बहुओं के काम आयेंगी...ख़ैर, फिर आ जायेंगी चूड़ियाँ...तुम लोग काम-धन्धों से लग जाओ...बड़कू रात-दिन खेतों में खटता है...मुरली तू तो कुछ काम-धन्धे के लायक बन गया...छुटका तो केवल भटकता रहता है। तू मुम्बई गया तो छोटे को भी कोई न कोई छोटा-मोटा काम-धन्धा मिल जायेगा...तुम लोग टिकट की चिन्ता न करो...' माँ उठी और पुराने सन्दूक से कपड़े में लिपटी हुई चूड़ियाँ ले आयी। बड़कू के हाथ में रखकर नज़रें झुका लीं।

ट्रेन गति पकड़ चुकी थी। एक दुनिया पीछे छूट गयी थी। मुरली ने अपनी सैक सिरहाने रख ली थी। इसमें दो जोड़ी कपड़े, अपने रोज़ की ज़रूरी वस्तुएँ और कुछ रोटियाँ थीं। पुरानी बिसलेरी की बोतल में पानी भरा था। ट्रेन रुकते ही भागकर नल से स्टेशन पर पानी भर लेता। ट्रेन की गति, हिचकोले से उसकी आँखें झपकी लेने लगतीं। वह पीछे चला जाता। किस तरह भैया ने मेहनत करके उसे पढ़ाया। साइकिल ख़रीदकर दी और वह रोज़ बारह किलोमीटर साइकिल पर जाकर आईटीआई सेंटर पर जाता। बरसात में छोटे नाले को पार करने के लिए वह साइकिल कांधे पर उठा लेता। कीचड़ में फँसी साइकिल को पास के गड्ढे में जमा पानी से धोता। साइकिल की रिंग उसकी हमेशा साफ़ रखता। प्लास्टिक की थैली में अपने नोट्स और किताबें रखता। बारिश में भी वह क्लास न छोड़ता। आलोक उसी क़स्बे में रहता था, जहाँ यह सेंटर था। कभी-कभी आलोक के घर वह अपना बैग छोड़ जाता। किसी भयंकर बारिश और नाले में आने वाली बाढ़ की आशंका में एकाध दिन वह आलोक के घर रुका भी।

आलोक से बहुत गहरी दोस्ती तो नहीं थी, पर परिचय अच्छा था। आलोक कुछ गम्भीर क़िस्म के स्वभाव का युवा था। काम से काम। शान्त, चुपचाप। उस दिन दवाई की दुकान पर दो साल बाद मिला तो मुरली की हालत से वह द्रवित हो गया। उसे लगा कि मुरली की मदद करनी चाहिए।

एक स्टेशन पर गाड़ी रुकी। दोपहर का समय था। भूख लगी थी। पूड़ी-साग आकर्षित कर रहे थे। पर उसने दो केले खरीदे। आगे के लिए पैसे जो बचाकर रखने थे। केले खाते समय वह आलोक के प्रति कृतज्ञ होकर उसका चेहरा बार-बार आँखों के सामने ले आता। पर वह याद कर दहल जाता कि आलोक का वाक्य बड़ा अनिश्चित-सा था, 'कोशिश करेंगे...तुम आ जाओ... कोशिश करेंगे...।' कोशिश सफल नहीं हुई तो? कुछ धोखा हो गया तो? माँ की अन्तिम पूँजी चूड़ियाँ भी तुड़वा दी हैं...। क्या होगा पता नहीं...आलोक पर, ऐसा नहीं है, उसने ज़रूर कुछ सोचा होगा...कोशिश तो करेगा...पर रह-रहकर अनिश्चितता का साँप उसकी छाती पर लोट जाता, जब-जब उसे थोड़ी झपकी लगती।

एक और स्टेशन जब पार हो गया तो उसने बैग से रोटी की पोटली निकाली। चटनी, दो रोटी और एक केला। और रोटियाँ उसने बचा कर रख लीं। बैठे-बैठे वह अकारण ही मुस्कुराया। फिर आसपास भौंचक-सा ताकने लगा, कोई देख तो नहीं रहा था। अधिकांश ऊँघ रहे थे। भरी ट्रेन में खिड़की की जगह पकड़ने में सफल हो गया था। दृश्य तेज़ गति से सामने से आते और पीछे की ओर भाग जाते...मुम्बई...सपनों का शहर...गाँव-कस्बे ही क्यों दूसरे शहरों के युवाओं के लिए जीवन्त सपनों का शहर...संघर्ष को सफलता देने वाला शहर...अमिताभ बच्चन को भी बेंच पर रात कटवाकर स्वर्गिक सफलता देने वाला शहर...नौशाद को किसी बिल्डिंग की सीढ़ियों में पनाह देकर सिर पर उठानेवाला शहर मुम्बई...मुरली अपने सपनों में खोया—गाँव की ज़मीन छुड़ाने, माँ की चूड़ियाँ बनवाने और गिरते मकान की दीवारें थामने के लिए वह आलोक के कहने पर सपनों की गठरी लिए गहरी नींद में खो गया। कितने ही स्टेशन आये और पीछे छूट गये। रात बीत रही थी। थोड़ा आश्वस्त होने पर, थोड़ा सहारा मिलने पर नींद सुखद हो जाती है। बेचैनी और अनिश्चतता से राहत मिलती है। मुरली के साथ भी यही हुआ।

सुबह हुई। नौ बज रहे थे। गुरुवार का दिन था। कल्याण स्टेशन आ गया। भीड़ ही भीड़ चारों ओर। कहाँ जायेगा। कल्याण को मुम्बई का प्रवेश-द्वार कहा जाता है, यह उसने सुना था। पर लगा, वह तो आगे प्रवेश ही नहीं कर पायेगा। ट्रेन पर्याप्त समय रुकी। वह नीचे उतरा। देखा कल्याण स्टेशन ही है।

आलोक ने यहीं उतरने के लिए कहा था। अब उसे प्लेटफार्म पर व्हीलर के बुक शॉप पर पहुँचना है। पूछते-पूछते, डगमगाते, वह व्हीलर पर पहुँच तो गया। पर आलोक का कोई अता-पता नहीं। वैसे आलोक ने अपना पता तो दिया था, पर इस तक पहुँचेगा कैसे। तमाम ऊहापोह। उसने तय किया कि वह व्हीलर पर ही आलोक का इन्तज़ार करेगा।

बिना ब्रश किए सुबह कुछ नही लेता। आदत है, उसकी, इन्तज़ार बढ़ रहा था। उसने दस रुपये की चाय ले ली। अख़बारों पर खड़े-खड़े नज़र घुमाने लगा। पर लोकल ट्रेन उसे अपनी ओर खींच लेती। बाप रे, इतनी भीड़। लोग कैसे चढ़ते और उतरते होंगे। वह भौंचक हो एक-एक ट्रेन को देखता। लगभग हर आधे-एक मिनट में ट्रेन की आवाज़ाही। भयानक स्पीड। नज़र से तेज़। इतनी भीड़। इतनी खींचतान। आलोक नहीं आया तो क्या होगा...।

वह अकेला खड़ा है। वह सबको ताकता रहता है। उसकी ओर कोई नहीं देखता। कोई कुछ नहीं पूछता। कोई कुछ नहीं बताता। मुरली को लगा वह कोई दूसरी दुनिया में आ गया है। सब लोग किसी न किसी सपने का पीछा कर रहे हैं। सब अकेले हैं। कोई किसी को नहीं पहचानता। कौन, कहाँ जा रहा है किसी को नहीं मालूम। यहाँ आदमी कोई नहीं। यहाँ केवल भीड़ है–भीड़। इस भीड़ में बड़े-बड़े लोग खो गये। आलोक नहीं आया तो, क्या वह भी खो जायेगा। व्हीलर के दुकान से लगे बड़े से खम्भे के साथ साँप की तरह गोला बनाकर एक आदमी सोया था। फटेहाल। पता नहीं सोया है या पड़ा है। सबसे बेखबर, उसकी ख़बर लेने वाला भी कोई नहीं था। उस दृश्य को देखकर मुरली सिहर गया। उसने अपना सैक टटोला–पीठ पर है। जेब टटोली–है। कहाँ देखे आलोक को। प्लेटफार्म की दोनों ओर सीढ़ियाँ...केवल भीड़ उतर और चढ़ रही थी। अब वह बेचैन हो रहा था। मोबाइल का बैलेंस ख़त्म हो चुका था। सामने निगाह डाली तो आभास हुआ...आलोक। वह जैसे धड़ाम से प्लेटफार्म पर टकराया हो और बहुत पास से एक ट्रेन दनदनाती हुई गुज़र गयी...वह साफ़ बच गया...वह आकृति पास आने पर जान में जान आयी, आलोक ही था।

'सॉरी भाई। दो लोकल छोड़नी पड़ी। बहुत भीड़ थी...।' आलोक कुछ संकोच कर रहा था।

‘कोई बात नहीं, मैं तो सोच रहा था, तुम नहीं आये तो क्या करूँगा।’ कुछ शर्मिंदा होते बोला। सोचने लगा कि कहीं आलोक ग़लत न समझ बैठे। उसने अपनी खीझ को बाहर आने का अवसर नहीं दिया।

व्हीलर के पास ही खान-पान की छोटी-सी दुकान थी, जैसी कि प्लेटफार्म पर होती है। मुरली की निगाह समोसे पर गयी। यह आलोक ने देख लिया,

‘कुछ खाया नहीं होगा...नाश्ता वग़ैरह...’

‘नहीं, उतरकर चाय पी और तुम्हारा इन्तज़ार करता रहा...।’ मुरली नाप-तौल कर बात कर रहा था, हालाँकि वह आलोक का सहपाठी था, फिर जिन हालातों में वह यहाँ आया था, उसमें उसे बहुत सम्भल कर रहना था। आलोक किसी भी कारण उसके प्रति उदासीन न हो, कोई बात उसे अरुचिकर न लगे।

‘चलो वड़ा-पाव खाते हैं...।’ आलोक का प्रस्ताव था। मुरली के लिए यह शब्द नया था। उसकी नज़र तो समोसों पर थी। आलोक ने यह महसूस किया।

‘वड़ा-पाव मुम्बई का ख़ास है। लोग इससे कई-कई दिन काट लेते हैं। खाओ...।’ कहकर आलोक ने काग़ज़ में रखा वड़ा-पाव उसकी ओर बढ़ा दिया।

मुरली को भूख लगी थी। ट्रेन से उतरकर लगभग पौना घण्टा हो गया था। उसने वड़ा-पाव इतनी जल्दी खा लिया कि आलोक समझ गया मुरली की क्या स्थिति है। उसने एक-एक और लिया। दोनों लोकल ट्रेन की ओर दूसरे प्लेटफार्म पर चले गये। मुरली को हैरत हुई कि लोग ट्रेन से उतर ही नहीं रहे और लोग भीतर घुसने को बेचैन हैं। उसका कुतूहल आलोक से छिपा नहीं।

‘यह स्लो ट्रेन है। इसका यह अन्तिम स्टाप है। लोग ठाणे, डोंबिवली से ही इसमें चढ़ जाते हैं। यहाँ सब उतरने के बाद उन्हें बैठने की जगह मिल जाती है। फिर वे निश्चिन्त होकर आगे तक जाते हैं।’ आलोक ज्यों मुम्बई की एक-एक बात मुरली को समझा रहा था। मुरली फटी आँखों से भीड़ को देख रहा था। जब सब लोग चढ़ गये तब आलोक मुरली को साथ लेकर चढ़ा और बोला ‘हम दरवाज़े पर ही खड़े रहेंगे...कलवा स्टेशन इधर ही आयेगा। उतरने में सुविधा होगी।’

मुरली को हाँ में सिर ही हिलाना था।

डोंबिवली में सारी ट्रेन खचाखच भर गयी। अब तो किसी का चढ़ना सम्भव ही नहीं था। मुरली तो दरवाज़े पर खड़ा ज्यों पिचक गया। फिर भी भीड़ का रेला आता और घुसता चला जाता। पता नहीं बोगी में कितनी जगह होती है। सबको समेटते हुए ट्रेन अजगर की तरह सरपट दौड़ रही थी। कलवा का प्लेटफार्म शुरू होते ही आलोक ने मुरली को अपने दोनों हाथों से घेरकर ट्रेन के रुकते ही उतार लिया। आज आलोक न होता तो लोग उतरने न देते या चढ़ने वाले से लेकर चढ़ जाते। नीचे उतरकर वह भौंचक-सा ट्रेन को सरकते हुए देखता रहा।

'कुछ दिनों में तुम्हें भी आदत हो जायेगी...।' आलोक ढाढ़स बँधाता बोला। 'यही है मुम्बई...।' कहता आलोक मुरली को अपनी खोली की ओर ले जाने लगा, पैदल।

रेलवे लाइन के किनारे-किनारे दस मिनट पैदल चलकर एक पगडण्डी से नीचे उतरकर लम्बी चाल के साथ-साथ मुरली, आलोक के पीछे-पीछे चला जा रहा था। सँकरी गलियाँ, छोटे-छोटे कमरे, जिसे मुम्बई की भाषा में खोली कहते हैं। यह चाल यानी कमरों की लम्बी कतारों का अस्थायी निर्माण था, जिसके छत के रूप में सीमेंट के शेड थे। आलोक ने ताला खोलकर भीतर क़दम रखा और मुरली को भीतर बुलाया। दस बाई दस का कमरा। छोटी-सी खिड़की। न ठीक से रोशनी, न ढंग से हवा। आलोक की छोटी-सी गृहस्थी। एक मोटी-सी दरी, एक चादर, एक स्टोव और कुछ बर्तन। बस। और कुछ नहीं। एक कोने में नहाने की जगह, वहीं नल। दूसरे कोने में स्टोव, बर्तन और हाँ ब्रेड भी रखी थी वहाँ। आज गुरुवार था। आलोक की छुट्टी थी। दोनों नीचे बैठ गये दरी पर।

'बस यही अपनी दुनिया है।...मुम्बई खाना तो देती है, पर रहने का ठिकाना नहीं देती...।' आलोक छोटे कमरे को विस्तार दे रहा था। फिर बोला, 'अकेले प्राणी हैं। इतना कमरा काफ़ी है...।' एक फ़ीकी हँसी अनायास ही उसके चेहरे पर पसर गयी।

मुरली चुपचाप सब सुन रहा था।

'कल हम पास में ही 'महेन्द्र स्टील' में जायेंगे। तुम्हारी बात मैंने कर ली है, देखें कोशिश क्या रंग लाती है...' आलोक थोड़े में कल की स्थिति बयान कर रहा था।

आलोक कमरे में खाना नहीं बनाता। बाहर से खाने का डिब्बा आता है—दोनों समय का। आज एक ही व्यक्ति का डिब्बा आया था। मुरली के पास घर से लाई कुछ रोटियाँ थीं और सत्तू...दोनों ने भोजन किया आपस में...और अपने सेंटर की बातों में खो गये। 'महेन्द्र स्टील' की खूबियाँ आलोक बताता और मुरली अपने सपनों में रंग जाता। देर तक दोनों बातें करते रहे।

दूसरे दिन आलोक, मुरली को 'महेन्द्र स्टील' में ले गया। दो दिन बाद उसके इलेक्ट्रिशियन के रूप में आर्डर मिल गयी। साथ ही, आर्डर में यह भी लिखा था कि समय-समय पर और दूसरे काम भी करने होंगे...मुरली को 'हाँ' ही कहना था।

आलोक का कहना था कि मुरली साथ ही रहे और खोली का किराया आधा-आधा बाँट लेंगे। मुरली को 'हाँ' ही कहना था।

कई दिनों के बाद मुरली को मालूम हुआ कि कम्पनी, अच्छे लोग कम्पनी में लाने के लिए अपने कामग़ारों को तीन हज़ार रुपये देती है। मुरली को लाने की एवज में आलोक को तीन हज़ार मिले होंगे।

धीरे-धीरे मुरली अभ्यस्त होता गया...काम पर...भीड़ से...आलोक के प्रति उसका मन हमेशा कृतज्ञ बना रहता...अब साथ-साथ रहने के कारण छोटे-बड़े का भाव जाता रहा और मित्रता होती गयी। मुरली की हीन-भावनाओं को खदेड़ने में आलोक की भूमिका हमेशा पहल करती रहती।

अब मुरली हर महीने घर पर पैसे भेज कर सन्तुष्ट अनुभव करता। हालाँकि उसके अपने सपने उसे अपनी ओर खींचते पर वह कभी घर पर पैसे भेजने की कोताही न करता।

मुरली जब भी काम पर आता, उसे लगता कि वह अलीबाबा की गुफ़ा में आ गया है। फैक्टरी के भीतर बड़े-बड़े ट्रक तैयार माल को ले जाने के लिए। कच्चा माल भीतर लाने के लिए। चढ़ाने-उतारने के लिए बड़े-बड़े क्रेन। कामग़ार, इंजीनियर, सुपरवाइजर और मैनेजर...कुल मिलाकर लगता कि

उसके गाँव से भी ज़्यादा लोग इस अकेली फैक्टरी में काम कर रहे हैं। शुरू में तनख़्वाह कम थी, अब ठीक-ठाक है। बीमा भी है–कोई दुर्घटना हो गयी तो। डॉक्टर भी होते हैं दो घण्टे के लिए। कैंटीन भी। कुल मिलाकर गाँव की तुलना में उसकी ज़िन्दगी ही बदल गयी। धीरे-धीरे वह कामकाज़ में अभ्यस्त हो गया। ज़िम्मेदारी जो भी दी जाती, ख़ुशी-ख़ुशी पूरी करता। आलोक के प्रति उसका मन सम्मान से भर उठता और फैक्टरी में आते ही उसका सीना गर्व से फूल जाता।

कई बार आलोक और मुरली छुट्टी के दिन ठाणे में फ़िल्म देखने जाते, होटल जाते। मुरली पैसे पहले देना चाहता। एक दिन आलोक ने कह दिया,

'हममें से पैसे कोई भी दे। पर सब आधा-आधा...।'

मुरली केवल मुस्काया था। बात सही और व्यावहारिक थी।

एक दिन आलोक कलवा की इलेक्ट्रिक की तीन-चार दुकानों पर मुरली को ले गया। परिचय कराया और मोबाइल नम्बर लिखवाया। अब छुट्टी के दिनों में मुरली निजी तौर पर बस्ती के फ़्लैटों में इलेक्ट्रिक के तमाम काम करने लगा। धीरे-धीरे वह ठाणे, कलवा और पास के मुम्ब्रा में जाकर काम करने लगा।

'यह तो बड़ा अच्छा हो गया...कभी-कभी पगार जितना हो जाता है...।' बहुत ख़ुश होकर मुरली बोला था।

'बाद में, दुकानवाले को कमीशन देने की ज़रूरत ही नहीं पड़ेगी। हाउसिंग सोसायटी में ज़रूरतवाले एक-दूसरे को तुम्हारा मोबाइल नम्बर देते रहेंगे।' आलोक ने एक और रास्ता बता दिया।

'एकाध छोटा टीवी ख़रीद लें क्या?' मुरली ने अनायास ही कह दिया।

'मुरली यहाँ सामान नहीं बढ़ायेंगे...सामान उतना ही हो, जितना हम पीठ पर ढो सकें। यह खोली का मालिक तो किराया बढ़ाता ही रहता है। ऊपर से कब खाली करने को कह दे, कोई भरोसा नहीं। इसलिए...।'

'नहीं, नहीं ठीक है...मैं तो...' मुरली रुक गया।

'अभी मेहनत करने के दिन हैं...यह सब बाद में...अभी अपने पास इस सबके लिए समय ही कहाँ है?' आलोक ने समझाया। मुरली को बात सही लगी। पैसे बचाकर रखें...

एक साल के बाद मुरली गाँव आया। बिल्कुल बदला हुआ मुरली। आत्मविश्वास से भरा हुआ। जाते समय एक सैक था, अब दो ले आया था। माँ के लिए साड़ी। भैया के लिए मोबाइल और छोटे के लिए जीन्स की पैंट... अपने लिए भी कपड़े ख़रीदे थे उसने। गाँव के हमउम्र लड़के बहुत कुतूहल से देखते मुरली को। मुरली भी कम इतराता न था।

रात को भैया ने बताया की साहूकार की नीयत ख़राब है। वह हमारी और ज़मीन पर नज़र गड़ाए है। इसका कहना है कि मूल पूँजी अभी वैसी ही है। केवल ब्याज़ का हिसाब ही हो पाया है। मुरली चिन्तित हुआ। दूर कहीं देखता हुआ आँखों में समाधान ओढ़ लेता। देखेंगे।

माँ ने बातों-बातों में बता दिया कि बड़े भैया के लिए एक रिश्ता आया है। ठीक लगता है। मुरली जोड़-घटाव में लग गया। ठीक है–देखेंगे। अब घर के केन्द्र में मुरली आ गया। अभी तक बड़े भैया सब निर्णय लेते थे।

मुरली मुम्बई की चमक-दमक बयान करता। कैसे आलोक ने मदद की। फैक्टरी कितनी विशाल है। बाहर काम करके कैसे कमाता है। रात को मुम्बई कैसी जगमगाती है–सब कितना दिलचस्प और स्वप्निल था। छोटा भाई रामअधीन चुपचाप सुनता और भीतर ही भीतर अफ़सोस करता कि काश वह भी कुछ काम के लायक बन गया होता। उसकी बुझी आँखों में मुरली ने झाँका...कुछ सोचा...उसे ताकता रहा। माँ ने कहा 'चलो सब सो जाओ... कल सुबह बात करेंगे। मुरली थका हुआ है, उसे आराम करने दो।'

मुरली, रामअधीन के लिए कुछ सोचता रहा और उसे नींद आ गयी। पर रामअधीन को नींद नहीं आ रही थी। वह मुरली की बताई तमाम बातों के सपने में खो गया...कुछ काम तो वहाँ मिल जायेगा...कोई भी। कुछ भी कर लूँगा... पर क्या...नहीं मालूम!

आलोक को एक बड़ी कम्पनी में नौकरी मिल गयी थी–गोदरेज में। वह विक्रोली रहने चला गया। पर सम्पर्क रहता मुरली से। इस बीच आलोक की शादी हो गयी और मुरली से मिलना-जुलना कम हो गया।

अब मुरली अपने साथ अपने भाई को ले आया। उसे कोई काम न आता। पर अब वह यहाँ-वहाँ भटककर आवारागर्दी न करता। बहुत गम्भीर लगता। उसे दुनियादारी समझ में आने लगी थी। कुछ सीखना चाहता था। मुरली को

यह जानकर अच्छा लगा। जब वह छुट्टी के दिनों में अपना प्राइवेट काम करने जाता, रामअधीन को साथ ले जाता। बहुत जल्दी वह यह काम सीख गया। उसका धन्धा चल निकला। मुरली सोचता अब खेती छुड़ा लेंगे।

उन्होंने कलवा में ही एक बैंक में अपना खाता खोल लिया। पर घर पर पैसे मनीआर्डर से ही भेजते। उनके गाँव में कोई बैंक नहीं था। ज़्यादा से ज़्यादा पैसे गाँव ही भेजते। लगा अब ज़िन्दगी पटरी पर आ गयी है। इस साल भैया की शादी...फिर मुरली का नम्बर। अच्छे दिन उनकी ज़िन्दगी में आ गये थे। ख़ूब मेहनत के बाद!

अचानक एक दिन घड़ी रुक गयी। समय थम गया। अख़बार चिल्लाने लगे, टीवी में हड़कम्प मच गया...भयंकर संक्रमण के साथ एक रोग ने प्रवेश किया है...मानसून की तरह केरल में प्रवेश कर मुम्बई भी पहुँच गया है। एक आतंक, एक दहशत...हँसते-खेलते लोगों के मुँह पर पट्टियाँ, फैक्टरियों को ताला, लोग अपने घरों में क़ैद...मुम्बई जैसे नगर में पैर रखने को जगह नहीं, वहाँ सुनसान, वीरान सड़कें...होटल, मॉल, सिनेमा थिएटर सब बन्द...दुनिया ठहर गयी...!

मुरली के घर यानी खोली में जहाँ से खाने का डिब्बा आता था, बन्द। स्टोव पर दाल-चावल, कभी ब्रेड-अंडा खाकर दोनों भाई रहते। कहीं जाना नहीं था। काम बन्द, पैसा बन्द। केवल परचून और दवाइयों की कुछ दुकानें खुली रहतीं। पास के पैसे ख़त्म...गाड़ियाँ बन्द, बसें बन्द...सब कुछ बन्द... चारों ओर दहशत...मृत्यु...संक्रमण के साथ पैर पसार रही थी। भगवान का भला हो, बैंक शुरू थे। मुरली पैसे निकाल लाया, लगभग सारे ही। क्या भरोसा, कब बैंक भी बन्द हो जाये। दाल-चावल और केरोसिन ही अधिक ला पाया...काफ़ी है। एक ही महीने में उसने महसूस किया कि पुराने दिन इतनी जल्दी आ धमके। खोली का मालिक तकाजा करता...लगा गाँव का साहूकार नये रूप में यहा दस्तक दे रहा है। कुछ देकर कुछ टालकर दिन ठेलते रहे...। राशन लगभग ख़त्म...खोलियाँ खाली करवायी जा रही थीं। उस छोर पर की खोली पर कोई ज़ोर-ज़बरदस्ती नहीं थी। वहाँ एक ज़वान लड़की थी, खोली-

मालिक उस पर 'रहम' कर देता था। चारों ओर हाहाकार...घर के बाहर महामारी, घर के भीतर भूख...!

कुछ दिन तो लोग घरों के भीतर रहे, पर भूख ने उन्हें खींचकर बाहर निकाला। कोरोना से ज़्यादा दहशत भूख की थी। लोग तितर-बितर होने लगे... घड़ियाँ, अँगुठियाँ बिकने लगीं। किसी ने बताया, सरकार अनाज देगी। सँकरी गलियों में केवल तिपहिया ही आ पाते। एक दिन दो-तीन तिपहिया एक साथ आए। हर दरवाज़े में एक-एक पोलिथिन की थैली रखते और दो-दो जगह फॉर्म पर दस्तख़त लेते। यह सब खोली-मालिक के नेतृत्व में हो रहा था। इस इलाक़े में उसका बहुत दबदबा था। वह एक अलग फॉर्म पर भी दस्तख़त ले रहा था। पता नहीं क्या लिखा था। किसी ने कहा अनाज मिलने की रसीद है।... पर अनाज एक...रसीद दो? पता नहीं क्या बात है। जिरह करने का यह समय नहीं था...समय बीत रहा था...लॉकडाउन खुल नहीं रहा था।

दो महीने हो गये सब्र का बाँध टूट गया था। रामअधीन आसपास जाकर खोज-ख़बर लेता रहता। हाँफ़ता हुआ वह खोली में घुसा। उसके हाथ में प्लास्टिक का एक डिब्बा था। विजीत भाव में मुरली से बोला,

'मेन रोड पर एक ठेलिया आया है। किसी सेठ ने खिचड़ी के पैकेट बाँटे...बाँटे क्या लोग टूट पड़े उस पर...जिसके हाथ जो लगता...छीन कर भाग रहा था। भइया मुझे भी एक पैकेट मिल गया...।

मुरली चुपचाप सुन रहा था। अब तक की ज़िन्दगी खुद्दारी से जी। जब कुछ भी नहीं था, तब भी हाथ नहीं फैलाया और आज क्या दिन आ गये कि छीना हुआ खाना घर में आया है...

'क्या हुआ भइया...' रामअधीन भैया को सोच में पड़ते देख रहा था।

'कुछ नहीं...।' कहा तो सही। पर वह जानता था कि भीतर क्या ऊहापोह चल रही है। रामअधीन की निगाहों से मुरली की छटपटाहट छिपी नहीं...।

'भइया, कई लोग अपने गाँव-घर की ओर निकल पड़े हैं...'

'हाँ, मैंने भी सुना है। रेल या बस तो है नहीं, लोग पैदल ही जा रहे हैं। मैं यही सोच रहा था, घर होते तो सत्तू तो मिल ही जाता। इस तरह कुछ माँगना या छीनना तो न पड़ता...।' कहते-कहते मुरली की आँखें छलछला आयी।

आज दिन भर से दोनों भाइयों ने कुछ नहीं खाया था। पैकेट की खिचड़ी एक के लिए काफ़ी नहीं थी, दोनों ने खायी। ढेर सारा पानी पीकर सोने का जतन करने लगे।

चारों तरफ़ अजीब-सा सन्नाटा पसरा था। एक भयावह-सुनसान शान्ति। लगा चारों ओर मृत्यु का पहरा है। भीतर बेचैनी और बाहर भुतहा सन्नाटा। नींद का नामोनिशान नहीं। अकेला क्या कम था, रामअधीन को भी ले आया। जब सब ठीक था, तब सपना कितना मन चाहा लग रहा था। अब सपने की लाश छाती पर लिए उसे नींद कैसे आती। वह टूट गया था। रामअधीन को अभी जीने लायक उसके अपने पैरों पर खड़ा किया था और अब यह सब। अनायास ही आलोक की याद आयी। पर उसका मोबाइल स्वीच ऑफ़ था। फिर वही संकट मोबाइल में बैलेंस बहुत कम है। जेब में पैसे बहुत कम... और सामने बीमारी का बेताल कांधे पर बैठा हुआ। पता नहीं कब और कैसे उसी नींद तो लग ही गयी....।

...मुरली अकेला ही कहीं जा रहा था, कहाँ? उसे भी नहीं मालूम। वह किसी बस्ती से गुज़र रहा था, जहाँ एक भी परिचित चेहरा न दिखता। अचानक सड़क का अगला हिस्सा कटा हुआ दिखा। कोई पाँच फुट लम्बा गड्ढा था, जिसमें जूते भरे हुए थे। नये-पुराने जूते। काले, लाल, तरह-तरह के जूते। तीन-चार क़दम पार कर मुरली आगे बढ़ गया। जूते ख़त्म होते ही अगले गड्ढे में रेशमी तकिए, गद्दे भरे पड़े थे। मुरली ने सकुचाते हुए उसे पार किया। किसी का ध्यान उसकी ओर नहीं था। फिर सामान्य सड़क पर वह पहुँचा। पर जल्दी ही रेत भरा एक गड्ढ़ा सड़क के बराबर था। थोड़ी दूर पर गिट्टी भरा गड्ढ़ा था। फिर बड़े-बड़े पत्थरों से भरा गड्ढ़ा सड़क के बराबर मुरली के पैर छिल गये...आगे फिर कोलतार की सपाट सड़क लगी। मुरली लगातार चलता जा रहा है...कहाँ? पता नहीं। आगे कुछ चढ़ाव-सा लगा और सड़क का अगला छोर उसकी आँखों से ओझल हो गया...उसकी कुछ दूरी पर आगे तीन-चार लोग जा रहे थे।

पीछे से ज़ोर से आवाज़ आयी...भागो...भागो...पहाड़ दरक रहा है। मुरली का ध्यान चलने में था। उसने सामने देखा–एक बड़ा-सा पहाड़ दरककर नीचे की ओर पिघलने-सा बहता आ रहा है। सामने के तीन-चार लोग आगे की

ओर भागे...मुरली पलटकर पीछे मुड़ा। बेतहाशा भागा जा रहा था। उसे अपनी दायीं ओर एक गली दिखाई दी। पीछे मुड़कर देखा–पहाड़ लगभग पिघलकर भरभराकर ढह रहा था। वह गली में घुसा और निरन्तर भागता रहा। निर्जनता ख़त्म होने पर एक सात मंज़िली इमारत का ढाँचा दिखा। इमारत में दीवारें नहीं थीं। केवल ढाँचा। हर मंज़िल पर साधु बैठे थे। वे कुछ उच्चारण कर रहे थे। पर क्या? कुछ समझ न पड़ता। वे कुछ पाठ कर रहे थे। इमारत के सामने एक साधु माइक पर प्रवचन कर रहा था। आवाज़ आ रही थी, शब्द भी लग रहे थे, पर समझ में कुछ नहीं आ रहा था। मुरली उसके सामने खड़ा हो गया। अकेला। साधु का प्रवचन जारी। सुनाई सब देता, पर समझ में कुछ न आता। इतने में तीन-चार लोग और आ गये। वे मुरली के पास खड़े हो गये, साधु को सुनने की कोशिश करने लगे। उनमें से एक व्यक्ति कुर्ता और धोती में था। कांधे पर शबनम थैली थी। वह मुरली के पास आया बोला, 'पहचाना।' इन्कार की मुद्रा में मुरली ने गर्दन हिलाई तो बोला, 'हम सोनभद्र में एक कार्यक्रम में मिले थे...।' मुरली ने अजीब-सा अनुभव किया और वहाँ से चलता बना। याद करने लगा कि वह आदमी कहाँ मिला था...याद नहीं आया।

वह तेज़ी से मुख्य सड़क की ओर जाने लगा कि पहाड़ या तो पूरी तरह ढह चुका होगा या थम गया होगा। वह आगे जा सकेगा। पर कहाँ? उसे भी मालूम न था।

कुछ ही आगे वह बढ़ पाया था कि सामने से जैकेट पहने तीन-चार लोग उसकी ओर आते दिखे...उसे रोक कर पूछा–'कहाँ जा रहे हैं...' मुरली निःशब्द। पहचानने की कोशिश, पर बेकार। उनमें से एक ने हँसते हुए कहा, 'हम संसद के सामने मिले थे...नहीं है याद।' मुरली की कुछ समझ नहीं आ रहा था। वह आगे बढ़ गया। पीछे मुड़कर नहीं देखा। सामने का दृश्य बड़ा भयंकर था...ज़मीन से चिपककर आग की लपट उसकी ओर तेज़ी से बढ़ रही है। दूर से पेड़-पौधे, आदमी, पशुओं को भस्म करते हुए वह मुरली की ओर दौड़ रही थी, ज्यों कोई ज्वालामुखी उसका पीछा कर रही हो। वह जान हथेली पर लेकर पीछे की ओर मुड़कर भागा...तेज़...तेज़तर। उसकी धड़कने उसके कानों तक गूँज रही थी। वह उस भयानक लावा से अपने आपको बचाने के लिए सरपट भाग रहा था–साधुओं की ओर। अशरीरी-सा दौड़ता हुआ। फिर

भी उसे लगा कि वह प्रलयंकारी लावा दबोच लेगा...उसे लगा कि कोई उसके सिर पर प्रहार कर रहा है...वह छटपटा रहा था...हाँफ रहा था। पसीने से लथपथ। चारों तरफ़ घनघोर आवाज़ें और भीतर की तेज़ धड़कनें...घबराहट में उसकी नींद टूट गयी। रामअधीन कब से भइया...भइया कहकर झकझोर रहा था...वह चौंककर सपने से बाहर आया और लगा कि कोई दरवाज़े पर दस्तक दे रहा है—लगातार। उसने रामअधीन की ओर देखा, रामअधीन ने दरवाज़ा खोला...सामने खोली का मालिक खड़ा था। दो-तीन मुस्टंडों के साथ, 'दो महीने का किराया बाक़ी है...आज चाहिए, कुछ भी करो...।'

उसने मुरली की ओर अंगुली तानी और आँखें तरेरी। पलभर में बगल की खोली के दरवाज़े पर वही दस्तक और वही ताकीद...मुरली रामअधीन को ताकता रह गया।

'कोई बुरा सपना देखा भइया।' रामअधीन ने धीरे से पूछा।

मुरली ने कुछ नहीं कहा और दरी पर फिर लुढ़क गया। सिर पकड़ लिया था। आँखें खुली थीं। शब्द बाहर नहीं आ रहे थे। जेब खाली थी, खोली-मालिक सिर पर सवार था। घर में खाने-पीने को कुछ नहीं...बाहर लॉकडाउन...घर सोलह सौ किलोमीटर दूर...

घर कितना भी दूर हो, वह पुकारता है, बुलाता है। कितना भी अभाव हो, वहाँ माँ होती है, रिश्ते होते हैं। शान्ति और सुख का सपना होता है। परसों देखा सपना मुरली को कहाँ ले जा रहा था। कौन खींच रहा था, उसे अनजान पड़ाव की ओर...सपने का विश्लेषण उसे क्या संकेत कर रहा था। याद कर दिन में भी वह दुःस्वप्न रोंगटे खड़े कर देता। ऐसे ही सफ़र पर निकल पड़ा मुरली।

मुरली ने थोड़े बचाये पैसों से एक पुरानी साइकिल खरीदी। दोनों भाई निकल गये, बारी-बारी से साइकिल चलाते। कैरियर पर बैठा मुरली आते समय के सपनों को याद कर रहा था और अब लौटते समय एक दुःस्वप्न ढोकर दोनों भाई गाँव की ओर लौट रहे थे। उनके कांधों पर अपने सपनों की लाशें थीं...।

दोनों आपस में कोई बात नहीं कर रहे थे। पर दोनों के भीतर तूफ़ान मंडरा रहा था। आसपास सैकड़ों लोग अपने-अपने गाँव-घर जा रहे थे। सब अपरिचित थे। कोई पूरा परिवार लेकर जा रहा था। पैरों में छाले पड़ गये थे। छोटे-छोटे बच्चे, स्त्रियाँ, बूढ़े...सब महामारी के मारे मुँह पर मास्क लगाए थकान ढो रहे थे। एक श्रवणकुमार अपने छियासी साल के बाप को कांधे पर उठाए जा रहा था गाँव-घर। कोई तीन साल के बच्चे को उठाए चल रहा था। कहीं कोई गर्भस्थ स्त्री अनदेखे शिशु के प्यार में मोहित राह काट रही थी। कहीं कोई औरत पेड़ के नीचे अपने 3 महीने के शिशु को स्तनपान करा रही थी। 'अबला जीवन हाय, तुम्हारी यही कहानी, आँचल में है दूध और आँखों में है पानी...।'

कोई किसी का परिचित नहीं...पर सबकी मंज़िल एक–घर। सपनों के शहर मुम्बई से सबका पलायन, इस अर्थ में सब आपस में परिचित...'दुःख मनुष्य को जोड़ता है...।' एक-दूसरे के लिए सहानुभूति, पर कोई किसी के काम नहीं।

एक पुल के पास रामअधीन रुक गया। नीचे नदी बह रही थी। आज नदी कितनी साफ़, निर्मल और निश्छल बह रही है। पानी कितना पारदर्शी...पत्थर और रेत तक दिखाई दे रहे हैं। छोटी-छोटी मछलियाँ अठखेलियाँ कर रही हैं। ...क्यों न हो ऐसा...कोई फैक्टरी नहीं चल रही जिसकी गन्दगी इस नदी में उतरे। सड़क किनारे के पेड़ कितने धुले-धुले। महीनों से वाहनों की आवाजाही नहीं...धुएँ की बौछार से बचे ये पत्ते किस तरह इतरा रहे थे। पर क्या यह ज़रूरी है कि मनुष्य दुखी हो, तब प्रकृति खिलखिलाए...या मनुष्य का पेट भरा हो तो प्रकृति बीमार हो जाये। क्या ऐसा कोई सन्तुलन नहीं हो सकता जब मनुष्य और प्रकृति दोनों एक-दूसरे को देखकर और साथ-साथ मुस्कुराएं...। मनुष्य को सोचना चाहिए।

दोपहर हो चली थी। सूरज तमतमा रहा था। रामअधीन ने बोतल में नदी का बहता पानी भर लिया था। मुरली ने प्लास्टिक के थैले से माँ द्वारा पिछली मुलाकात में दिया सत्तू निकाला और दोनों खाने लगे। माँ का सत्तू आज बहुत स्वादिष्ट लग रहा था। थोड़ी देर बाद दोनों को गहरी नींद लग गयी। पेड़ की छाया हटने के बाद नींद टूटी और वे अगले पड़ाव के लिए चल पड़े।

एक अनन्त यात्रा। प्रदेश पार किए। सरकारें पार कीं। पर तकलीफ़ें पार नहीं कर पाये। सुबह चार बजे चल पड़ते। दोपहर में थकान मिटाते और देर रात तक चलते। एक दिन एक क़स्बे से दोपहर तीन बजे गुज़रते हुए अचानक एक बिल्डिंग के नीचे लम्बी कतार दिखी। अनुशासनबद्ध। सभी बाहरी लोग। प्रवासी। पलायन-शापित। भूखे-प्यासे। देखा कि कुछ लोग खाना बाँट रहे हैं। दयालु लोग। परोपकारी। मुरली और रामअधीन ने साइकिल खड़ी की और लाइन में लग गये। मुरली को बहुत बुरा लग रहा था। मेरे साथ रामअधीन को भी भीख की लाइन में लगा दिया। हालाँकि यह बिना माँगे मिल रहा था, इसलिए इसे भीख कहना ठीक नहीं, मुरली ख़ुद को समझाता। झुककर थाह लेता कि कितने पैकेट बचे हैं और कितनी लाइन...उसके पहुँचने तक कुछ बचेगा या नहीं। शायद सभी यही सोच रहे थे। मुरली के पीछे भी लाइन लम्बी हो रही थी। सब गुमसुम। भूख का सब पर कब्ज़ा। आज दोनों को पैकेट मिले। खिचड़ी-दाल-चावल और उसी में कुछ टुकड़े सब्ज़ी के। भूख जब अपने चरम पर हो तो जो भी खाना मिले, वह अत्यन्त स्वादिष्ट। इस पैकेट के भोजन ने दोनों की भूख शान्त की। कल रात को भी उन्हें खाना नहीं मिला था। अभी कई दिन काटने हैं। पास का सत्तू ख़त्म होते आया है। कुछ भुना चना भी है। पर रास्ते में तो कुछ भी नहीं मिलता।

14 दिन के बाद गाँव पहुँचे। 14 साल की तरह समय बीता। हालत ख़राब। गाँव में लोग पहचानेंगे कि नहीं। गाँव के बाहर एक प्राइमरी स्कूल है, वहीं से गाँव में प्रवेश होता है। इसे मुख्य सड़क से गाँव का प्रवेश द्वार भी कहा जाता है। वहीं दो खम्भों पर बाँस बाँधकर आने-जानेवालों को रोक दिया जाता है। गाँव के युवा लड़के ही उस जगह खड़े थे, पहरा देने की नीयत से...

'कहाँ जाना है?' एक ने पूछा।

'अरे मोहन, मैं मुरली हूँ...नहीं पहचाना...?' हाथ में साइकिल थामे मुरली ने कहा। रामअधीन आँखों से पहचान बता रहा था। दोनों के बाल-दाढ़ीं बढ़ी हुई। आँखें धँसी हुई। कपड़ों की हालत बहुत ख़राब...अभी पिछले वर्ष जब आये थे, तब मुरली की आँखों में चमक थी, कपड़े आकर्षक थे, बातों में आत्मविश्वास था। अब सब गायब। पर सबने उन्हें पहचान लिया।

'मुम्बई से आ रहे हो...भइया अब चौदह दिन इसी स्कूल में कोरंटीन रहना पड़ेगा।' उन दोनों को फरमान सुनाया गया।

'कोरंटीन?'

'हाँ, गाँव में नहीं जा सकते...यही नियम है। मास्टरसाहब थोड़ी देर में आयेंगे और लिखा-पढ़ी होगी। सरपंच भी आयेंगे...। तब तक आप दोनों स्कूल के बाहर बैठ जायें...।' कहकर सीढ़ियों की ओर इशारा कर दिया।

अपने ही गाँव के लड़के यह सब कर रहे थे। मुरली से कुछ भी कहते नहीं बना। इतनी दूर से घर ने खींचा...सोलह सौ किलोमिटर...न खाने-पीने की स्थिति न पहनने-सोने की। गाँव पहुँचकर यह दशा, उसके लिए तकलीफ़देह थी। उसे ये तो मालूम हो गया था कि सावधानी के लिए दो हफ़्ते घर के लोगों से अलग रहना पड़ेगा। पर गाँव में ही न घुसने दिया जायेगा, इसका अन्दाज़ा उसे नहीं था। रुआँसा-सा रामअधीन भैया की ओर ताक़ता रहा। दोनों सीढ़ियों पर बैठ गये। मोबाइल टटोला। बेकार। न चार्ज था और न ही बैलेंस।

घर में किसी ने ख़बर की होगी। बड़े भैया और माँ भागते हुए आये। पर मिल नहीं पाये। दूर से एक-दूसरे को देखते रहे। माँ रोती रही। भैया को मालूम था कि जो भी शहर से आता उसे दो हफ़्ते के लिए इसी स्कूल में रखा जाता। हफ़्ते में एकाध बार डॉक्टर आता और जाँच करता। कोई देखने-पूछनेवाला नहीं था।

कोई रास्ता नहीं था। गाँव पहुँचकर भी घर नहीं जा सकते थे। खाना-रहना स्कूल में। काग़ज़ी कार्रवाई के बाद स्कूल में जाने दिया गया। कुछ दूर-दूर दरियाँ बिछी थीं। वहीं दोनों को रहना था। उस गाँव से आगे छोटे गाँवों के आनेवालों को भी यहीं रखा गया था।

मुरली को नींद नहीं आती रात में। उसने जो सपना मुम्बई की खोली में देखा उससे भी बदतर हालात थे–यहाँ। कल जब यह सुना कि रात में साँप अन्दर घुसा था और एक को डस लिया, वह व्यक्ति थोड़ी देर में मर गया। कोरोना से मरेगा या नहीं, साँप से पहले मर गया। उसे रात में नींद ही नहीं आती। दिन में केवल एक बार खाना मिलता दोपहर तीन-चार बजे। निकृष्ट खाना। इससे अच्छी खिचड़ी तो लोगों ने रास्ते में दान में खिलायी थी। एक दिन तो चावल में इल्लियाँ निकलीं। दो दिन तक वह खाना ही नहीं खा पाया।

किससे शिकायत करें। सरपंच और मास्टरसाहब कुछ सुनने को तैयार नहीं। ऊपर से अब पुलिस के दो सिपाही स्कूल में तैनात कर दिए हैं। भैया और माँ दूर से खिड़की की ओर देखते हैं। अजीब-सी जेल है यह। अपराध क्या किया पता नहीं। गाँव के दूसरे लोग भी खिड़की से झाँकते, ज्यों कोई म्यूज़ियम में आये हों। दो-एक बार साहूकार और उसके आदमी भी आये थे।

सारे गाँव में यह बात बिजली की तरह फैल गयी कि मुरली और रामअधीन को कोरोना हो गया है। मुरली को लगा था कि गाँव-घर पहुँचकर उसकी सारी परेशानियाँ दूर हो जायेंगी। पर अब माँ और बड़े भैया भी यही समझते हैं कि कोरोना हो गया है। वे भी दूर-दूर ही रहते। मुरली और रामअधीन आँखों-आँखों में अपनी थकान मिटाते। कुछ दिन बीते तो माँ और बड़े भैया तबीयत के मामले में यह मान गये कि सब ठीक है। पर रिश्तेदारों और गाँववालों ने लगभग 'अछूत' ही घोषित कर दिया था।

बहुत दिनों बाद माँ, बड़े भैया, मुरली और रामअधीन एक साथ बैठे थे।

'साहूकार को तुम्हारे भेजे पैसे हम देते रहे, पर उसका कहना है कि अभी ब्याज़ ही पूरी नहीं हुआ। वह आधे एकड़ को पूरे एकड़ में बदलने की नीयत रखता है। उसने हमारा आधा एकड़, उसकी अपनी ज़मीन से लगे टुकड़े में मिला लिया है। मेड काट डाली है और हर मौसम में एकाध गज ज़मीन हड़पने की कोशिश करता है। पटवारी उससे मिला हुआ है...।' बड़े भैया ने एक साँस में ज़मीन का मामला बयान कर दिया।

'साहूकार का कुछ करना पड़ेगा...।' रामअधीन कुछ ग़ुस्से में था। मुरली ने केवल उसकी ओर देखा। मुरली केवल सुन रहा था।

माँ की अधीरता उसके मौन हलचल से बयान हो रही थी।

'और कुछ दिन मुम्बई रुक जाते तो सब ठीक हो जाता। रामअधीन को देखिए, कुछ बदला है कि नहीं...?' मुरली बोला।

'बहुत बदल गया बेटा। गाँव में रहता तो पता नहीं क्या करता...।' माँ सन्तुष्ट थी।

‘माँ, उसने अपना धन्धा ख़ूब फैलाया। शहर में रोज़ बिजली के काम कहीं न कहीं होते हैं। अच्छा कमाने लगा था। पर...।’ मुरली का गला भर्रा गया।

मुरली के मुँह से अपनी तारीफ़ सुनकर रामअधीन बहुत सुखद अनुभव कर रहा था। पढ़ाई में और दूसरे कामों में नकारा होने का उसका कलंक ज्यों धुल गया था। वह मुरली को बहुत आत्मीयता से देख रहा था।

एक चुप्पी उन चारों के बीच पसर गयी थी। हालात बहुत संकटपूर्ण हो गये थे। सपना सुखद था, क़रीब था, हाथ भर की दूरी पर था और इस महामारी ने सब कुछ पलटकर रख दिया था।

मुरली के मन में आया था कि पूछे कि भैया की शादी के बारे में क्या स्थिति है। पर आज का अवसर उसके लिए अनुकूल नहीं लगा। मुरली के भेजे पैसों से भैया ने घर कुछ ठीक कर लिया था, पर खेती का पेंच नहीं सुलझ पाया था।

इस संकट के समय मुरली ने धीरज नहीं खोया। कुछ दिनों में वह सामान्य होने की कोशिश करने लगा।

‘भैया आप खेत में कुआँ खोदना चाहते थे न। हम बनायेंगे...।’ तमाम परेशानियों के बीच मुरली आत्म-विश्वास से बात कर रहा था। कैसे? उसे भी नहीं मालूम...पर अभी की निराशा तो दूर कर गयी यह बात।

बड़े भैया उसे ग़ौर से देख रहा था। सोच रहा था, मुम्बई से लौटकर काफ़ी बदल गया है, मुरली...भीतर से कुछ तैयार हो गया है। नया विश्वास और जोश दिखा। जबकि हालात उसे तोड़ चुके हैं। नौकरी चली गयी। काम-धाम चला गया। मीलों पैदल-साइकिल पर आया, गाँव में उपेक्षा हुई और अब अभाव है, फिर भी उसमें कुछ करने की ललक है। बड़े भैया को मुरली का यह नया रूप अच्छा लगा और कुछ सहारा भी मिला।

‘भइया हम अपनी ज़मीन में ही मेहनत करेंगे...अब मैं मुम्बई नहीं जाऊँगा...जो करेंगे, यहीं करेंगे।’

‘बस एक बार साहूकार से मुक्ति मिल जाए। तब न...।’ बड़े भैया चिन्तित तो थे ही, तभी रामअधीन बोल पड़ा, ‘अब उससे भी निपट लेंगे...कब तक सहेंगे उसे...अब उसने या उसके आदमियों ने कुछ हरकत की तो हम चुप नहीं बैठेंगे...।’ रामअधीन के ग़ुस्से को सभी ग़ौर से महसूस कर रहे थे।

तीनों को अच्छा यह लगा कि रामअधीन अब घर के सवालों का भागीदार बन रहा है। पहले वह घर की किसी बात पर ध्यान न देता। गाँव के बेकार, फालतू लड़कों के साथ आवारागर्दी करता। न पढ़ाई में मन था, न घर के अभाव के प्रति कोई चिन्ता...मुम्बई से लौटने पर वह ज़िम्मेदार-सा लगने लगा था।

फिलहाल खेत में कोई काम नहीं चल रहा था। तीनों भाइयों ने सोचा कि कुएँ की खुदाई करने का यह सही समय है। थोड़ा निचला हिस्सा जाँच-परख उन्होंने काम शुरू किया। हालाँकि उन्होंने वह आधा एकड़ छोड़ दिया था, जिस पर साहूकर ने क़ब्ज़ा कर रहा था।

कुआँ-खुदायी की बात साहूकार तक पहुँची। वह अपने एक आदमी के साथ खेत में पहुँच गया,

'यहाँ कुआँ नहीं खोद सकते...'

'क्यों?' बड़े भैया ने पूछा।

'जब तक कर्ज़ा नहीं लौटाते, इस पर मेरा क़ब्ज़ा है।' साहूकार गुर्राया।

'हमने वह आधा एकड़ छोड़ दिया है...।' भैया ने शान्ति से दलील की।

'अरे, तुम लोगों में कोई दम बचा है, एकाध साल में ब्याज़ इतना चढ़ जायेगा कि यह आधा एकड़ भी तुम खो दोगे, जहाँ कुआँ बना रहे हो।'

'आपका हिसाब हम कर देंगे...।' मुरली ने कहा।

'क्या हिसाब करोगे। अरे मास्क तक तो ख़रीद नहीं सकते...मुम्बई से कोरोना लेकर भाग आये हो...बड़ा हिसाब करेगा...।' साहूकार ने अपना मास्क कुछ नीचे कर व्यंग्य कसा और बोला 'बन्द करो यह सब।'

रामअधीन ने आव देखा न ताव, झपट पड़ा साहूकार पर, 'हरामजादे इतने दिनों से ब्याज़ खा रहा है, हिसाब देता नहीं। आगे, आगे बढ़ता जाता है, हमारी ही ज़मीन पर कुआँ खोदने से रोकता है...' रामअधीन ने साहूकार को पटक दिया। साहूकार बूढ़ा हो चला था। साहूकार का लठैत आदमी दौड़ा आया।

लेकिन रामअधीन ने साहूकार का मुँह मास्क समेत इतनी ज़ोर से दबा रखा था कि वह छटपटाने लगा। भैया, मुरली ने उसे हटाना चाहा, इस बीच लठैत रामअधीन पर लाठी बरसाने लगा। मुरली रामअधीन को लठैत की मार

से बचाना चाह रहा था। साहूकार को छोड़ने की बात कर रहा था। पर मार जितनी भी पड़ती गई, उसने साहूकार का मुंह और गला नहीं छोड़ा।

माँ गुहार लगा रही थी 'बचाओ, बचाओ।' पर गाँव के लोग तमाशबीन की तरह खड़े थे। कोरोना का डर हर किसी को अपनी जगह से हिलने नहीं दे रहा था।

लठैत की लाठी की ज़ोरदार मार रामअधीन के सिर पर लगी। वह लहूलुहान हो गया...पर उसने साहूकार का गला नहीं छोड़ा।

थोड़ी देर में वह निःचेष्ट हो कर लुढ़क गया, पर गला नहीं छोड़ा था– साहूकार का। साहूकार मर चुका था। रामअधीन को लाठी से धकेला लठैत ने। उसका सिर पूरी तरह फट चुका था। उसके देह ठंडी पड़ चुकी थी।

आसपास के गाँवों में सनसनी फैल गयी।

एक ख़बर यह भी फैली की पुसला गाँव में कोरोना से दो लोगों की मौत!

कोई इति नहीं

शुभ्रा बहुत बेचैनी से माँ के आने का इन्तज़ार कर रही थी। उसकी माँ सरिता पहली बार अकेली बाहर गयी थी, पिताजी के बिना। बारह साल की शुभ्रा सारे घर में घूमकर बालकनी में आकर नीचे झाँक लेती। जो भी ऑटो-रिक्शा आकर रुकता तो उसे लगता माँ आई है। पर निराशा। माँ की जगह कोई और उतरता। वह भीतर जाती और देखती कि छोटा भाई ऑनलाइन पर ठीक से ध्यान दे पा रहा है या नहीं। सुमित उससे पाँच साल छोटा है। कभी-कभी वह वीडियो ऑफ़ कर केवल सुनता है। टीचर के यह ध्यान में नहीं आता कि सुमित ध्यान से पढ़ाई कर रहा है या नहीं। स्कूल सभी बन्द हैं। सब कुछ ऑनलाइन। शुभ्रा तो अपनी क्लास बहुत तत्परता से कर लेती है, पर ये छोटे साहब का मन स्थिर नहीं है। सुमित रात-दिन अपने पिता को याद करता रहता है। कभी-कभी उसे आभास होता है कि पापा दरवाज़े पर आ गये हैं। वह उछलता-कूदता आता है, पर नहीं, वही सूनापन उसके हाथ लगता है। फिर वह माँ को देखने बालकनी में पहुँच जाता है। वहाँ अनमनी-सी दीदी को देखकर रुआँसा सुमित उससे लिपटकर सुबकने लगता है। शुभ्रा बहुत धैर्य के साथ उसे समझाती-सँभालती है और किसी तरह फिर लैपटॉप पर बैठाकर क्लास से जोड़ देती है। स्कूल बन्द, खेलकूद बन्द, केवल ऑनलाइन पढ़ाई। सहपाठी नहीं, मैदान नहीं, जाना-आना नहीं कहीं भी...बस चहारदीवारी में बन्द...एक घुटन...समय ने सब कुछ काटकर रख दिया। एक कोरोना ही है जो नहीं कट रहा है। शुभ्रा की अब आदत हो गयी है। समय से पहले सयानी हो गयी। छोटे सुमित का भी ध्यान रखती है...पर माँ अभी तक नहीं लौटी...

अब तो दोपहर के तीन बज रहे हैं। एक बजे तक लौटना था। कम्प्यूटर क्लास का पहला दिन है–आती ही होगी–शुभ्रा ने ख़ुद को समझाया।

शुभ्रा केवल बारह वर्ष की है, पर कम्प्यूटर का उसे अच्छा-ख़ासा ज्ञान है। स्कूल में भी सिखाया जाता है और पिताजी से भी उसने काफ़ी कुछ सीखा था। ई-मेल, पत्र लिखना, निबन्ध लिखना, यहाँ तक कि पिताजी ने उसे बैंकिंग भी ऑनलाइन सिखा दी थी। वह थोड़ा-बहुत खाना भी बना लेती है–कूकर में दाल-चावल या खिचड़ी। आज माँ नाश्ता बनाकर गयी थी। शुभ्रा ने एक बजे तक राह देखी फिर दाल-चावल चढ़ा दिया। पर माँ अभी तक नहीं आयी। माँ को बाहर की दुनिया की कोई जानकारी नहीं है। कभी ज़रूरत ही नहीं पड़ी। सब पिताजी करते थे। इसलिए बस, रिक्शा की उसे आदत नहीं। पुणे जैसे महानगर में अकेले बाहर जाने की कभी ज़रूरत ही नहीं पड़ी। हालाँकि, कम्प्यूटर की क्लास नज़दीक ही है, फिर भी पैदल की दूरी से कुछ आगे ही। तीन चौराहे पार करने होते हैं। बस के केवल दो स्टॉप हैं। फिर भी, रिक्शा लेने के लिए कहा था। शुभ्रा कभी सोचती है कि साइकिल उठाकर माँ को देखने निकल पड़े। इतने में सड़क पर रिक्शे से उतरता कोई दिखता है बाल्कनी से...पर वह माँ नहीं है। पिछले कुछ दिनों से उसमें कुछ अतिरिक्त साहस और धैर्य आ गया था। पर आज माँ की बात थी। वह दुखी हो रही थी। तभी दरवाज़े की बेल बजी। शुभ्रा और सुमित भागते हुए दरवाज़े की ओर लपके... पर सीधे दरवाज़ा नहीं खोला...शुभ्रा ने 'मैजिक होल' से देखा और उछल पड़ी–'मम्मा'! दोनों माँ से लिपट पड़े।

सरिता ने दोनों को बाँहों में समेट लिया। उसके चेहरे पर थकान और चिन्ता थी। उसने अपने आँसू आँचल में छिपा लिए और बच्चों को सहलाने लगी।

'कैसा था पहला दिन...?' शुभ्रा ने पूछा।

'.....' केवल सिर हिलाकर सरिता ने बताया–अच्छा था। पहला दिन था। बहुत कुछ उसके मन में था। पर बच्चों से क्या कहे। अचानक उसने पूछा–

'खाना खाया तुम लोगों ने....?'

'आपने मोबाइल क्यों नहीं उठाया...?' शुभ्रा।

'अरे हाँ, जाते ही वहाँ कहा गया कि मोबाइल साइलेंट पर रखें। उसे शुरू करने का ध्यान ही नहीं रहा।' काफ़ी देर तक रिक्शा मिला ही नहीं। बस नम्बर दिमाग़ से निकल गया। किसी से पूछने की इच्छा नहीं हुई, बस पैदल ही निकल पड़ी। पैसे भी बच गये। देर तो हो गयी। शुभ्रा और सरिता की डबडबाई आँखों के संगम ने एक नयी दुनिया देखी...।

शुभ्रा को और सरिता को सागर का यह फैसला बिल्कुल ठीक नहीं लगा कि कोविड के इस भयंकर दौर में गाँव जाया जाये। आख़िर शुभ्रा ने कह ही दिया,

'पापा चारों तरफ़ हालात बहुत ख़राब हैं। ऐसे में गाँव जाना...।'

सागर ने बात काटते हुए कहा, 'भैया ने तय किया है पिताजी को गये एक साल हो गये...उनकी बरसी है और मुम्बई वाला भैया भी ज़ोर दे रहा है।... कहते हैं यह तो करना ही पड़ेगा नहीं तो पिताजी की आत्मा शाँत नहीं होगी।'

'पर बाद में भी तो किया जा सकता है...सरिता ने अपनी बात रखनी चाही।'

'मैं भी इसके पक्ष में नहीं हूँ। लेकिन, उन दोनों ने तय कर लिया है और माँ की भी इच्छा है कि होना ही चाहिए, बरसी पर गाँव-रिश्तेदारों को खाना खिलाना चाहिए!' सागर ने माँ की बात को अधिक महत्त्व दिया।

तय हो गया कि बरसी पर गाँव जायेंगे।

सागर रात भर सो नहीं पाया। पिताजी को जाकर साल हो गया। उसे भरोसा ही नहीं हो पा रहा कि समय इतना जल्दी निकल गया। किस तरह वह हर शनिवार को गाँव जाता था और इतवार की रात को लौट आता था। शुरू में जब वह पुणे आया था, तब वह बहुत छोटा कमरा किराये पर ले पाया था। माँ और पिताजी कुछ दिन तो साथ किराये के कमरे में रहे, पर यहाँ उनका मन न लगता। गाँव में थोड़ी ज़मीन थी, उसी में वे अपने आपको व्यस्त रखते। सागर छोटी-मोटी नौकरी शहर में करता हुआ अपनी पढ़ाई करता रहा और पहले स्कूल में शिक्षक हुआ फिर जूनियर कॉलेज में लग गया। उसने मोटर साइकिल ख़रीद ली थी। ट्यूशन क्लासेस में भी पढ़ाने लगा था। बहुत मेहनत की और कुछ ही वर्षों में उसने लोन पर एक फ्लैट लिया और बाद में कार भी खरीदी। उसे लगता माँ-पिताजी उसके साथ रहें। पर उनका यहाँ मन न लगता।

इस बीच दूर के रिश्ते की बेटी से सागर का विवाह हो गया। उसे दो सन्तानें हुईं–एक शुभ्रा और दूसरी सुमित।

पिताजी की बीमारी को लेकर सागर चिन्तित रहता। वह गाँव आता-जाता रहता। गाँव बहुत क़रीब नहीं था। पुणे से दो घण्टे की दूरी पर था। पास के कस्बे के डॉक्टर के पास वह ले जाता। दवाइयों की व्यवस्था करता। पर एक दिन पिता हमेशा के लिए उससे विदा हो गये। कोविड शुरू हुआ ही था। पर जाना तो था ही। वह पत्नी और बच्चों के साथ गया। कोविड के डर से ज़्यादा उसे पिता के जाने का दुख था।

साल तो बीत गया, पर कोविड फिर आ गया। वह अनमने ढंग से गाड़ी चला रहा था। पिता की अनुपस्थिति में वह पहली बार गाँव जा रहा था। कितनी यादें। कितना कुछ छूट गया। वातावरण गमगीन। कोई बात नहीं कर रहा। रास्ते में सुनसान। हाइवे पर कोई चहल-पहल नहीं। गाड़ियों की संख्या कम। होटलों में सन्नाटा। वैसे हमेशा ही इस हाइवे पर ख़ूब ट्रैफ़िक और भीड़-भाड़ होती थी। पर आज चारों ओर सन्नाटा। सागर के भीतर ख़ूब कोलाहल...पिताजी की बरसी, माँ और भाइयों का कार्यक्रम के लिए आग्रह...कोविड महामारी का प्रकोप...और पत्नी-बच्चों की तबीयत को लेकर एक डर भीतर उतर गया था। वह कार चलाते हुए हाइवे से उतरकर गाँव की सँकरी सड़क पर आ गया था। कार की गति तो कम हुई, पर उसकी विचार-शृंखला तेज़ गति से उसे अपनी गिरफ़्त में लेती जा रही थी। किसी तरह वह गाँव पहुँचा। घर पर सब उसका इन्तज़ार कर रहे थे। बड़े भैया ने कह ही दिया, 'ज़रा जल्दी निकलना चाहिए था। काफ़ी देर हो गयी है।' ख़ैर, माँ को अच्छा लगा। एक चुप्पी सबको समेट चुकी थी। काफ़ी भीड़ जुट चुकी थी। पहले तो अधिक लोग देखकर सन्तोष होता था, अब भीड़ भीतर डर फैलाती है। वह बच्चों को लेकर चिन्तित था। बार-बार मास्क और सेनिटाइज़र की याद दिलाते रहता।

गाँव से निकलते-निकलते शुभ्रा का शरीर तपने लगा था। पुणे पहुँचते-पहुँचते सुमित भी चपेट में आ गया। चिन्ताएँ बढ़ गयी। दूसरे दिन टेस्ट करवाया। 'निगेटिव' निकला। जान में जान आयी। पर चार दिन बाद मुम्बईवाले भाई का फ़ोन आया–'माँ को कोरोना हो गया है। किसी भी अस्पताल में जगह नहीं है। तुम जल्दी निकल आओ...माँ तुम्हें याद करती है।'

उसने कार उठाई और मुम्बई पहुँचा। वाकई कहीं जगह नहीं मिल रही था। प्राइवेट अस्पताल की हालत और गम्भीर थी। हालाँकि, अस्पताल के ख़र्च को लेकर वे एक-दूसरे की ओर ताक़ते। सागर की इच्छा होती कि कहे–'मैं तो कह रहा था, भीड़ में बरसी का क्या मतलब...।' पर वह कुछ बोला नहीं। यह कुछ कहने का समय नहीं...ऊपर से माँ की हालत गम्भीर। कातर निगाहों से वह बेटों को देख रही थी। सागर कार लेकर आया था। इसलिए दूसरा भाई निश्चिन्त था। एक सेंटर से कोविड के दूसरे सेंटर में माँ को लेकर जा रहे थे। उस दिन कहीं एडमिशन नहीं मिला। मुम्बई में सागर का एक मित्र अख़बार में काम करता था। उससे सागर ने बात की। उसके प्रयास से माँ को एक कोविड सेंटर में जगह मिली। उसकी हालत बहुत ख़राब थी। वह ऑक्सीजन पर थी। ख़र्च के मामले में मुम्बईवाला भाई जेब से हाथ न निकालता। सागर को दो बच्चों की चिन्ता थी। कोविड सेंटर में माँ से मिलने की गुंजाइश बिल्कुल नहीं थी। उसने अपने भाई को एटीएम से दस हज़ार रुपये निकालकर दे दिये। वह ऐसे देख रहा था जैसे और की उम्मीद हो। सागर ने आख़िर कह दिया और ज़रूरत रही हो ट्रांसफर कर दूँगा। वह कुछ बोला नहीं। सागर शाम को ही पुणे के लिए चल पड़ा। चिन्ता माँ की भी थी और बच्चों की भी।

रास्ते में वह अपने भाई के बारे में सोच रहा था...पैसों का बड़ा मोह है उसे। गाँव से चलते समय उसने कहा था। अपने हिस्से की ज़मीन अब बेच देंगे। माँ को अपने पास रखूँगा। बस बँटवारा कर डालें। ज़मीन बहुत ज़्यादा नहीं था। गाँव का भाई पूरी तरह ज़मीन पर निर्भर कर रहा था। सागर ने ही यह विषय फिलहाल टालने के लिए कहा था। हालाँकि, सागर और इस भाई को वेतन लगभग समान था। पर मुम्बई के खर्चे को लेकर वह हमेशा रोता रहता। पुणे पहुँचने तक सागर माँ, उसकी तबीयत और भाई के स्वभाव को लेकर सोचता रहता। घर पहुँचा तो बच्चों को बुखार तो उतर चुका था, पर पत्नी को हरारत महसूस होने लगी थी। ऐसी बातें सोसायटी में जल्दी फैल जाती हैं। लोग घर आने से कतराते हैं, पर इंटरकॉम पर पूछताछ, सलाह और मार्गदर्शन शुरू हो जाता है।

सागर सोच ही रहा था कि मुम्बई में काफ़ी ख़र्च हो गया। अब सरिता के टेस्ट के लिए भी ख़र्च होगा। क्योंकि जब तक 'निगेटिव' होने की ख़बर नहीं

आयेगी सोसायटी में चर्चाएँ होती रहेंगी। अभी ही बच्चों के टेस्ट में चौबीस सौ लग गये हैं। पर टेस्ट तो कराना ही पड़ेगा।

'टेस्ट' 'पॉज़िटिव' आ गया। उसके चेहरे पर हवाइयाँ उड़ने लगीं। कॉर्पोरेशन ने 'यहाँ कोरोना पॉज़टिव हैं' का सावधानी-सूचक काग़ज़ दरवाज़े पर चिपका दिया। किसी का भी आना-जाना बन्द। सलाहें शुरू। अपने फैमिली डॉक्टर से सलाह कर दवाइयाँ शुरू की। बात अनियन्त्रित होती गयी। इसी बीच उसने भी हरारत और खाँसी अनुभव की। बच्चों को अलग कमरे में रखा। सरिता की हालत गिरती गयी। वह अपना टेस्ट टालता रहा। पर तीसरे दिन टेस्ट कराना ही पड़ा। वह भी 'पॉज़िटिव' निकला। पड़ोसियों और मित्रों की सलाह से वह अस्पताल में भर्ती होना चाह रहा था। पर आज मालूम हुआ कि कहीं बेड उपलब्ध नहीं है। पहले तो केवल टी.वी. में देख-सुनकर रोंगटे खड़े हो जाते थे। अब तो हवाइयाँ उड़ने लगीं।

सोसायटी में उसके सम्बन्ध बहुत अच्छे थे। लोग मदद के लिए तैयार रहते थे। पुणे महानगर में फ्लैट संस्कृति के बावज़ूद लोग बन्द कमरों में कम ही रहते थे, क्योंकि अधिकांश लोग बाहर से नौकरी के सिलसिले में यहाँ आये थे। फिर भी, कुछ सीमाएँ तो थीं हीं। अब दरवाज़े पर कॉर्पोरेशन के 'पॉज़िटिव' होने की नोटिस चिपका देने के कारण लोग कतराने लगे थे।

तकलीफ़ बढ़ जाने के बाद दोनों कोविड सेंटर में भर्ती हो गये। चिन्ता बच्चों की थी। पर कोई विकल्प नहीं था। ख़ुद शुभ्रा अब तैयार हो गयी थी। अपने छोटे भाई को भी ढाढ़स बँधा रही थी। संकट शक्ति देता है। पड़ोसियों ने मदद की। दोनों पास-पास बेड पर थे। दिन भर चिन्ता के अलावा कोई काम न था। बच्चों से बातें करते मोबाइल पर। हाल-समाचार लेते और देते। सुमित छोटा था। माँ को याद करता रहता। लगभग एक हफ़्ता हो गया था।

एक दिन अचानक बताया गया कि यहाँ ऑक्सीजन की व्यवस्था नहीं हे। अतः, ऑक्सीजन-बेड की व्यवस्था करनी होगी। भगदड़-सी मच गयी। पास-पड़ोस, रिश्तेदार-मित्र तलाश में जुट गये। व्यवस्था नहीं हो पा रही थी और तबीयत गिरती जा रही थी। सरिता कुछ बेहतर थी। सागर की तकलीफ़ बढ़ती जा रही थी।

सागर एक स्थानीय अख़बार में हर शनिवार को एक कॉलम लिखता था। इस हफ़्ते का कॉलम भी वह मोबाइल पर भेज चुका था। पर अब उसकी हालत गिरती जा रही थी। कॉलेज के साथी, उसके वर्तमान और पूर्व विद्यार्थी तथा जिस अख़बार में वह कॉलम लिखता था उसके सम्पादक और पत्रकार ऑक्सीजन वाले बेड के लिए प्रयास में जुट गये। सरिता चिन्तित थी और सागर घबराया हुआ। बात-बात में बच्चों का विषय समय को बोझिल बना जाता। ऑक्सीजन वाले बेड का न मिल पाना अदृश्य दहशत दे जाता। दोनों एक-दूसरे को दिलासा देकर चिन्ता में डूब जाते। सागर अब छटपटाने लगा था और डॉक्टर रिश्तेदारों को सचेत करते रहे थे। मुम्बई से उस भाई का फ़ोन आता रहता। माँ की तबीयत का हाल-समाचार देता रहता। मुश्किलों का ज़िक्र करना न भूलता। सागर और सरिता बातें सोचते रहते कि बरसी का कार्यक्रम न होता तो यह संकट न आता। पर दोनों भाइयों और माँ की ज़िद ने यह क्या कर दिया। पर अब पीछे जाकर सोचने की सुविधा न थी...ऑक्सीजन...ऑक्सीजन बेड किसी तरह आज मिले अन्यथा...!

तमाम सूत्रों और स्रोतों की गहमागहमी, भागदौड़, सम्पर्क जो-जो हो सकता था, सब कोशिशें जारी थीं। चूँकि, वह 'लेखक' भी था तो किसी कार्यक्रम में उसका परिचय कंटोनमेंट के प्रमुख अधिकारी रहे एक सज्जन से हो गया था। अख़बार के सम्पादक भी प्रयास में थे। दोनों के मिले-जुले प्रयास से एक बेड की व्यवस्था हो गयी। अब ऐंबुलेंस मिलना मुश्किल हो रहा था। उसके लिए भी बहुत भागदौड़ करनी पड़ी। रात ग्यारह बजे ऐंबुलेस की व्यवस्था हो पायी। सरिता ने सागर को देखा और सँभल नहीं पायी। फफक पड़ी। अवश्य सागर हाथ से ही धीरज बँधा रहा था। उसके हाथ-पाँव में कोई ऊर्जा नहीं थी। स्ट्रेचर पर उसे डालकर ऐंबुलेस में चढ़ाया गया। इतनी चिन्ताजनक स्थिति में भी उसने अपने सिरहाने हमेशा साथ रखने वाला छोटा सैक टटोलकर रख लिया। क्योंकि उसी में उसके क्रेडिट-डेबिट एटीएम कार्ड, पहचान-पत्र और कुछ नकदी थी। कुछ नकदी उसने सरिता के पास रखी थी।

नये हॉस्पिटल में पहुँचने पर वह कुछ आश्वस्त हुआ। ऑक्सीजन लगने पर वह कुछ बेहतर महसूस कर रहा था। थोड़ी-बहुत बात भी करता। कोविड सेंटर से इस हॉस्पिटल में लाने में सोसायटी के पड़ोसियों ने और एक पत्रकार मित्र ने बहुत मदद की। केवल एक रिश्तेदार इस भागदौड़ में जुटा रहा।

दूसरे दिन सुबह उसके लड़खड़ाते वाक्यों में सरिता से बात की। शुभ्रा और सुमित से बात की। अपने एक मित्र अनादि से सागर निरन्तर बात करता रहा था। पर अब सम्भावना कम होती जा रही थी, क्योंकि जल्दी ही उसकी साँस फूल जाती। अनादि पूरे तन-मन-धन से सारी सुविधाएँ जुटाने में लगा था। रात-दिन सम्पर्क से लोगों को जोड़े रखना अनादि की दिनचर्या में शामिल था। चारों ओर से सागर का ध्यान रखा जा रहा था। पर सागर भीतर से टूट चुका था। इस बीच हॉल में किसी की साँस टूटने का दृश्य देखकर वह सिहर उठता। अपने में खो जाता। बहुत अजीब-अजीब ख़याल आते। अब वह किसी का मोबाइल न उठाता। मोबाइल चार्ज करने की भी सुध न रहती। ऑक्सीजन तो लगा रहता पर वह अचेत-सा ही रहता।

शाम को वह अनादि को केवल इतना कह पाया कि उसे भोजन में कोई स्वाद नहीं लग रहा। खाने से अरुचि-सी हो गयी है। कुछ फल, जूस और अपने पसन्दीदा खाने की बात उसने कही। डॉक्टरों ने कुछ दवाइयाँ बाहर से लाने को कहा। मित्र-रिश्तेदार-पड़ोसी उसके लिए यह सब लाकर पहुँचा रहे थे। भीतर जाने की किसी को अनुमति नहीं थी। रिशेप्सन काउंटर पर यह सब रखना होता। जब फल और जूस उस तक पहुँचा तो उसके लिए कुछ मनलायक हुआ। जूस पीकर उसने अनादि को धन्यवाद दिया। अब कुछ-कुछ वह बोलने लगा था। पर उसे बात करने में सुविधा नहीं थी। कभी माँ, कभी सरिता, कभी शुभ्रा-सुमित तो कभी अनादि उसके मन-मस्तिष्क में घूमते रहते। हमेशा उनींदा, जागी-अनजागी स्थिति। आँख खुलती तो पता नहीं क्या-क्या सोचता रहता। माँ की तबीयत का भी कोई समाचार नहीं। भाई का फ़ोन भी दो दिन से नहीं आया। बस ही सोचते-सोचते उसकी आँख लग जाती। एक बार तो डॉक्टर आये, जाँचा, फिर भी उसकी आँख नहीं खुली।

डॉक्टर का सम्पर्क अनादि से ही होता। डॉक्टर ने कहा कि सागर को प्लाज़्मा की ज़रूरत है। और कुछ पूछने पर डॉक्टर की ओर से एक ही बात उभरती–कोशिश जारी है...डॉक्टर वैसे भी बहुत कम बोलते। उनकी चुप्पी और कम बोलने का अर्थ लगाने में डर लगता। प्लाज़्मा की खोज शुरू हुई। वाट्सअप पर बहुत सारी जानकारी आती। प्लाज़्मा डोनर की भी जानकारी आती। वाट्सअप का इस हालत में काफ़ी उपयोग हुआ। स्वयंसेवी संस्थाओं

की भी मदद मिली। ताज़ा ख़ून प्लाज़्मा का मिला। भागमभाग करके डॉक्टर तक पहुँचाया गया। और माँग की गयी। हालाँकि, कठिनाई और परेशानी हुई पर अनादि और पड़ोसियों ने हासिल किया और डॉक्टर ने जो-जो कहा, सब समय पर लाने में सफलता मिली। अभी तक जो समाचार थे कि दवाइयाँ, प्लाज़्मा की कालाबाज़ारी हो रही है, उससे भी जूझकर हर हाल में सब कुछ जुटाया गया।

धीरे-धीरे सागर के फ़ोन कम आने लगे। डॉक्टर भी ठीक से जवाब न देते। सबकी चिन्ता बढ़ने लगी। सागर अर्धचेतन स्थिति में माँ के बारे में जानना चाहता पर मुम्बई से भाई का फ़ोन ही न आता। बस एक बात यह अच्छी हुई कि सरिता को कोविड सेंटर से डिस्चार्ज मिल गया। बच्चों की चिन्ता कम हुई, पर सागर की चिन्ता बढ़ती चली गयी। तभी डॉक्टर का फ़ोन आया। तत्काल 'रेंडिसिविर' इंजेक्शन की आवश्यकता है। रोज़ एक देना होगी–छह दिन तक...!

नयी चुनौती सामने थी। चारों ओर रेंडिसिविर की कमी थी और कालाबाज़ार में चालीस-पचास हज़ार में बिक रही थी। अनादि ने चारों ओर प्रयास शुरू कर दिए। कहाँ-कहाँ नहीं पूछा। जिस दाम में भी मिला–एक इंजेक्शन हासिल कर डॉक्टर के पास भिजवाया। अब सागर से सम्पर्क नहीं हो पा रहा था। केवल डॉक्टर ही जानकारी का ज़रिया थे। पर वे ज़्यादा कुछ न बताते। व्यस्तता होती या बताना न चाहते थे। कहते रेंडिसिविर देने के बाद 'ऑब्ज़र्व' करेंगे। भागदौड़, फ़ोन-सम्पर्क और पानी-सा पैसा बहाने पर दो इंजेक्शन मिले। अभी और तीन हासिल करने थे। इसमें से एक ब्लैक में लिया। एक स्थानीय एमएलए से मिला और एक पुलिस अफ़सर से। डॉक्टर के अनुसार सभी छह इंजेक्शन दिए पर सागर की हालत में ख़ास सुधार नहीं। सरिता निरन्तर अनादि के सम्पर्क में रहती। उसकी चिन्ता लम्बे फ़ोन पर बातचीत में झलकती। अब सागर से न बातचीत होती, न मुलाक़ात, न डॉक्टर से हाल-समाचार...एक दबाव, एक दुःस्वप्न...एक आतंक सभी के बीच घिर गया।

अचानक एक दिन डॉक्टर ने अनादि को फ़ोन किया कि हॉस्पिटल का ऑक्सीजन ख़त्म हो गया है। सागर को तुरन्त कहीं शिफ्ट करना होगा। फिर अफरातफरी, भागदौड़, ऑक्सीजन बेड की तलाश...सागर से कोई सम्पर्क

नहीं...मोबाइल बन्द...शायद बैटरी ख़त्म...उसकी स्थिति का हॉस्पिटल के बाहर कोई अन्दाज़ नही...अब वहाँ से शिफ्ट करना होगा। पूरे देश में ही ऑक्सीजन की सप्लाई की कमी थी। अन्ततः, अख़बार के सम्पादक के प्रयास से सेना के अस्पताल में एक बेड की व्यवस्था हुई। रात को दो बजे सागर को वहाँ शिफ्ट किया गया। उस समय उसके पड़ोस से दो युवक और एक रिश्तेदार अस्पताल के बाहर दूर से उसे देख रहे थे। वह अचेत ही था। स्ट्रेचर से उसे ऐंबुलेस में चढ़ाया जा रहा था। वह हाथ टटोलकर अपने सैक का पता लगाना चाह रहा होगा...केवल मोबाइल ही उसके हाथ लगा...वह भी निर्जीव...उसकी बैटरी ख़त्म हो चुकी थी...सागर की आँखें मुँदी हुई थीं। वह अचेत ही था। बयालीस साल का सुदृढ़, सुन्दर सागर दस दिन में कितना कमज़ोर और असहाय था कि आँखें खोलकर किसी को देख भी नहीं पाता... ऐंबुलेस सेना अस्पताल की ओर रवाना हो गयी...

सरिता लगातार अनादि और पड़ोसी युवकों के सम्पर्क में थी। स्थिति चिन्ताजनक है, वह जानती थी। इसी बीच, मुम्बईवाले भाई का फ़ोन आया कि माताजी नहीं रहीं। सागर को बताने की गुंजाइश भी नहीं थी। माँ को न सागर के बारे में कुछ पता था और न सागर को माँ के बारे में...कोरोना ने आदमी, रिश्ते, समाज से इतनी दूरी बना दी कि मनुष्य एकाकी मृत्यु के लिए विवश हो गया। आदमियों के जंगल में इतना अकेला आदमी शायद पाषाण युग में भी न रहा हो!

मित्रों, रिश्तेदारों में से किसी को मिलने की अनुमति न पहले थी और न अब है। वैसे भी यह सेना का अस्पताल था, यहाँ का अनुशासन और सुरक्षा व्यवस्था बहुत कड़ी थी। हाँ, डॉक्टर से सम्पर्क करने की सुविधा थी। पर डॉक्टर की व्यस्तता इस सुविधा का लाभ नहीं दे पा रही थी। कई फ़ोन के बाद एकाध बार अनादि को बताया कि सागर होश में पूरी तरह नहीं है, पर दवाइयों को रिस्पाँड कर रहा है। अनादि से भी बात इसलिए क्योंकि सागर के एडमिट कार्ड पर सम्पर्क के लिए अनादि का मोबाइल नम्बर लिखा था। डॉक्टर की प्रतिक्रियाओं के उम्मीद जगती और निरन्तर सुधार न होने का समाचार सबको उदास कर जाती।

अनादि के मोबाइल पर रात को तीन बजे डॉक्टर का नम्बर उभरा। अनादि सशंक हो उठा। थरथराते हाथों से उसने मोबाइल उठाया...'सॉरी, हम सागर को बचा नहीं पाये, ही इज़ नो मोर...।' डॉक्टर ने फ़ोन रख दिया। मिनटों में यह दुखद समाचार सभी मित्रों और रिश्तेदारों में पहुँच गया। अनादि बदहवास! सबसे बड़ा सवाल था सरिता को कैसे बताया जाये। यह ज़िम्मेदारी सोसायटी के पड़ोसियों को सौंपी गयी...

सुबह दस बजे सेना के अस्पताल के मेन गेट पर अन्तिम दर्शन के लिए सागर की बॉडी रखी गयी थी। गाँव का और मुम्बई का भाई सपरिवार आये थे। सरिता, शुभ्रा, सुमित ने अन्तिम रूप से सागर को देखा...उनकी आँखें, आवाज़ और विलाप शब्दातीत हैं। बस पाँच लोग ऐंबुलेंस में गये। कोविड के नियमानुसार सब हो रहा था। वैसे भी परिचितों, मित्रों, रिश्तेदारों को कोविड ने पहले ही रोक दिया था। सब बच्चों के भविष्य को लेकर चिन्तित थे। सरिता नि:शब्द थी। बच्चों को बाँहों में भींच लिया और घर लौट आयी। अनादि नहीं सोच सकता था कि सागर को इस अवस्था में देखे। वह नहीं गया।

बाद में, मालूम हुआ कि सागर के पास केवल मोबाइल था। वह भी डेड। सैक गया तो उसके पास सिर्फ़ मोबाइल था। बाकी कुछ नहीं। रिकॉर्ड में भी इतना ही दर्ज़ था। क्या करें...क्या पुलिस...क्या तहकीक़ात...अब क्या फ़ायदा...मुख्य व्यक्ति ही चला गया!

अगले दिन गाँववाला भाई चला गया। बस फ़ोन पर ही रिश्तों-नातों की संवेदनाएँ आती रहीं। सरिता और बच्चों का सब कुछ लुट चुका था। दुख उनके कलेजे तक समा चुका था। सरिता के लिए यह सभी कभी समाप्त न होने वाली अँधी सुरंग थी। इस तरह सागर का अचानक चला जाना उसे भीतर तक खोखला कर गया। उसकी ज़िन्दगी पहाड़-सा बोझ बन गयी। वह लगभग अपनी आवाज़ खो बैठी। लेकिन, बच्चों को देखकर वह साहस बटोरने में जुट गयी। सोचने लगी वह कि जिसने बहुत ज़िद की वह भाई गाँव चला गया। माँ भी नहीं रही। और यह मुम्बईवाले भाई ने भी बरसी के लिए ज़ोर डाला और सारा परिवार ही कोरोना की गिरफ़्त में आ गया। सागर के लिए वह छटपटा उठती और उसकी मृत्यु के लिए इन तीनों को ही ज़िम्मेदार मानती। पर सब कुछ छूट चुका था। धुँधली-सा आशा, घर लौटने की उम्मीद, संघर्ष का साहस, भगवान पर आस्था सब छिन्न-भिन्न...!

मुम्बईवाला भाई, परिवार सहित लौटने को तैयार। बोला, 'ये पन्द्रह दिन बहुत भयंकर रहे हमारे लिए...पहले माँ गयी और अब सागर...सागर ठीक कह रहा था, इस कोरोना में बरसी जैसा कुछ नहीं करना था...पर होनी को कौन टाल सकता है...।' किसी ने कोई प्रतिक्रिया नहीं दी तो स्वयं ही कहने लगा, 'इन पन्द्रह दिनों में बहुत ख़र्च हो गया।'

सागर ने भाई के साथ मिलकर पुणे में एक और फ्लैट इन्वेस्टमेंट के रूप में लिया था। फ्लैट मिला नहीं था। पर मिलने पर बैंक की किस्त शुरू हो जायेगी। इसी की चिन्ता में कह रहा था अब किस्त कैसे भरेंगे? सरिता को आश्चर्य हो रहा था कि भाई को गये एक दिन भी नहीं हुआ और यह आदमी पैसों की चिन्ता में डूबा जा रहा है। हालाँकि, किस्त देना अब आसान नहीं, पर यह विषय अभी निकालना क्या ज़रूरी था...सरिता उठकर बेडरूम में चली गयी। सरिता, सागर की मृत्यु के लिए सबसे अधिक ज़िम्मेदार इसी भाई को मानती है। इसी के लिए इसके साथ व्यवहार को लेकर वह सागर से अनमनी रहती थी कि संयुक्त रूप से कुछ न किया जाये। पैसों को लेकर यह भाई बहुत अजीब व्यवहार करता है। आज भी ऐसे समय यह विषय उसने कुरेदा। जितना समय यहाँ रहा, बस हिसाब करता रहा। अब घर कैसे चलेगा? इस फ्लैट की किस्त कितनी है...कार की किस्त कितनी है...बच्चों की पढ़ाई का क्या होगा...इस बारे में कोई बात नहीं। सरिता नौकरी नहीं करती, आय का दूसरा कोई साधन नही...कोई बात उसने नहीं निकाली। दोपहर तीन बजे वह अपने परिवार के साथ मुम्बई रवाना हो गया।

दो-तीन दिन रुककर माँ-पिताजी भी चले गये। अब वह नितान्त अकेली। सागर की छवि रात-दिन उसके साथ होती। बच्चों को देखकर उसके आँसू ठिठक जाते। पर आँखों की सूजन से भला कब क्या कुछ छिप पाया है। वह अपने आपको नितान्त अकेली और असहाय पा रही थी। शुभ्रा माँ के पास आकर बैठ गयी। अपने पापा का मोबाइल उसके हाथ में था। बस यही लौट पाया था। बैग तो गायब थी। उसने मोबाइल चार्ज किया था और माँ बता रही थी कि बैंक के क्रेडिट-डेबिट कार्ड से ऑनलाइन पैसे तो नहीं निकले हैं। ढेरों मिस कॉल और मैसेज़ेस हैं। सरिता निर्विकार-सी उसे ताक रही थी। सोच रही थी कि किस तरह कुछ ही दिनों में शुभ्रा कितनी सयानी हो गयी है।

रोज़ कोई न कोई मिलने आता। कॉलेज का स्टाफ़, अख़बार के सागर के मित्र। सोसायटी के लोग। सब आश्चर्य व्यक्त करते कि भाई इतनी जल्दी कैसे चला गया। सरिता अनादि को सारी घटनाएँ बताती रहती। अनादि भी उससे मिलता रहता। बच्चों के लिए 'बिग बास्केट' से कुछ न कुछ भिजवाता रहता। एक दिन वह अपनी पत्नी के साथ सरिता से मिलने गया। उसी समय उस अख़बार का सम्पादक भी आया, जिसमें सागर कॉलम लिखता था। सोसायटी का एक दम्पती आ आया था। जाते समय उन्होंने सरिता को एक लिफ़ाफ़ा दिया। सरिता ने खोलकर देखा तो उसमें पाँच हज़ार रुपये थे। सरिता के मना करने पर भी वे नहीं माने...सरिता को लगा, वह कितनी दयनीय हो गयी है। उसे सागर की याद आयी कि सरिता कुछ पढ़कर समर्थ हो जा। कभी ऐसा समय न आये कि तुम्हें अपने पैरों पर खड़ा होना पड़े, किसी के सहारे की तुम्हें ज़रूरत न हो...इन्हीं बातों ने उसे ग्रेजुएट करवाया। छोटे से क़स्बे से आयी सरिता पुणे के माहौल में घुलमिल गयी। पर नौकरी करने जितना साहस नहीं जुटा पायी। आज किसी पड़ोसी के पाँच हज़ार रुपये का लिफ़ाफ़ा उसे और असहाय बना गया। सम्पादक और अनादि के सामने यह घटा...उसकी आँखों में आँसू छलक आये।

सम्पादक ने कहा, 'भाभीजी, हम कोशिश करेंगे कि आपको कहीं नौकरी मिल जाये...पर इसके लिए कम्प्यूटर का सामान्य ज्ञान आना चाहिए।' शुभ्रा की आँखें चमकीं और माँ पर ठहर गयी। एक बात अनादि से भी कि हम जनसामान्य से अपील करेंगे–मदद के लिए। ऐसे पैसे किसी से लेने में भाभीजी की खुद्दारी अनुमति नहीं देती। लेकिन, सीधे खाते में पैसे ज़मा हों तो ठीक रहेगा। अनादि ने सहमति जताई। सम्पादक ने एक कवर स्टोरी बनाई और इस परिवार की कथा-व्यथा उसमें रखी। साथ में, सरिता के बैंक विवरण की जानकारी भी। उसका तत्काल असर हुआ। कॉलेज के स्टाफ़ ने सोशल मीडिया पर इसे तत्काल डाल दिया। सागर एक लोकप्रिय अध्यापक था। उसके पुराने और वर्तमान विद्यार्थियों ने इस स्टोरी को दूर-दूर तक पहुँचाया। शुभ्रा और सुमित के स्कूल ने साल भर फीस माफ़ कर दी। खाते में दूर-दराज से रोज़ कोई न कोई रकम ज़मा होती। मोबाइल पर जानकारी आते ही शुभ्रा माँ को बताती। एक महीने में सात लाख रुपये ज़मा हो गये। हालाँकि, रकम

बहुत बड़ी नहीं थी, पर समाज की संवेदना ने सरिता को खड़े रहने के लिए उकसाया।

बार-बार सम्पादक की बात सरिता के कानों में गूँजती है कि हम नौकरी के लिए प्रयास करेंगे। बस थोड़ी-बहुत कम्प्यूटर की जानकारी हो तो आसानी हो जाती।

शुभ्रा का उसे बहुत सहारा है।

सरिता घर का सारा काम निपटाकर रोज़ कम्प्यूटर क्लास के लिए जाती है...!

काठ का घोड़ा

वह रोज़ पिछले हिस्से में लगी सीढ़ियों से ऊपर अपने हॉल तक पहुँचता। सामने की लिफ़्ट और सीढ़ियों का इस्तेमाल करना, उसने लगभग दो महीने से बन्द कर दिया है। लिफ़्ट के पास थर्मल टेस्ट होता है। सेनिटाइज़र रखा होता है। लोग मास्क लगाकर ही आते हैं। यह कोविड-19 का काल बहुत डरावना हो गया है। लिफ़्ट एक साथ चार हैं। आमने-सामने उनमें से दो 'फास्ट' हैं। इक्कीस माले की बिल्डिंग है। लिफ़्ट में एक साथ पन्द्रह लोग आसानी से जा सकते हैं, पर इस कोरोना काल में केवल पाँच लोगों को ही जाने की अनुमति है। इसका पालन कड़ाई से किया जाता है। मास्क और सोशल डिस्टेंसिंग कम्पलसरी!

देव का ऑफ़िस तीसरी मंज़िल पर है। वह चुपचाप पिछली सीढ़ियों से जाने लगा है। इन सीढ़ियों से सामान्यत: कोई आता-जाता नहीं। किसी ख़ास काम के लिए इसका इस्तेमाल होता है। पर गेट पर चौकीदार होता है। वह लगभग एक हफ़्ते से ही देव को इन सीढ़ियों से जाता देखता है। पर उसने देव को कभी नहीं टोका। क्योंकि उसे मालूम है कि देव तीसरी मंज़िल की कम्पनी में काम करता है। देव भी एक मुस्कान फेंककर ऊपर चढ़ने लगता। चौकीदार को लगता कि देव भीड़ टालने के लिए इधर से ऊपर जा रहा होगा। पर ऐसा नहीं था। दरअसल हफ़्ते भर से देव को बुख़ार-सा लगता रहा है। कभी जुकाम भी होता और हल्की-सी खाँसी उसे अक्सर होती। उसे डर है कि उसे कहीं कोरोना का हल्का प्रभाव तो नहीं। सामने लिफ़्ट से जाने पर थर्मल टेस्ट से कुछ साफ़ हो गया तो...? वह सिहर जाता...मारे डर के...ऑफ़िस में कर्मचारियों की उपस्थिति बहुत कम। हालाँकि अब लॉक डाउन में ढील

दी गयी है। फिर भी ऑफ़िस में कम ही आते हैं। बारी-बारी से उनकी ड्यूटी लगाई जाती हैं। जो अधिक सावधानी बरतते हैं वे छुट्टी पर चले जाते हैं। चूँकि हर काम में ठहराव है, इसलिए छुट्टी मिलना भी आसान है। पर ऑफ़िस का न्यूनतम काम तो होना ही चाहिए। इसलिए जो कर्मचारी-अधिकारी आते हैं उन्हें निवास से ऑफ़िस जाने-आने के लिए टैक्सी-किराया दिया जाता। क्योंकि लोकल ट्रेन और बसें बन्द हैं। मुम्बई में लोकल का बन्द हो जाना पूरी आवाजाही को ठप कर देता है। वह लगभग रोज़ आता है। वह मुम्बई के विलेपार्ले इलाक़े में रहता है। आते समय तो टैक्सी से आ जाता और लौटते में वह टैक्सी की बजाय उधर से जानेवाले किसी कारवाले का इन्तज़ार करता... कोई न कोई मिल ही जाता। वैसे लौटते समय टैक्सी मुश्किल से मिलती...पर वह कोई न कोई बहाना बनाकर लिफ़्ट माँग लेता।

देव को अक्सर अनन्त कुमार से लिफ़्ट मिल जाती। देव जूनियर अफ़सर था और अनन्त कुमार उसी डिपार्टमेंट में सीनियर अफ़सर। पर सीधे एक ही सेक्शन से जुड़े नहीं थे। दोनों मध्य प्रदेश से थे, इसलिए अतिरिक्त क़रीबी थी। अनन्त कुमार मालाड़ में रहते थे। वे हाई वे पर ही विलेपार्ले उतार देते देव को।

देव बहुत गुमसुम और अकेले-अकेले रहता पसन्द करता। दूसरों से बस काम से काम। न घुलना-मिलना। न खुलकर किसी से बात करना। चेहरे पर कोई न कोई बोझ हमेशा झलकता। लंच भी अकेले-अकेले। अनन्त कुमार से भी खुलकर बात नहीं। दबी जुबान और निगाह से केवल ऑफ़िस से घर जाने का सफ़र तय होता। अनन्त कुमार सीनियर होने के बावजूद बातचीत में खुला, किसी प्रकार दबाव नहीं, साथ ले जाने में हिचक नहीं, न ही एहसान जताने का कोई व्यवहार...ऑफ़िस में दबदबा होने के बावजूद अनावश्यक दबाव दिखाने का कोई स्वभाव नहीं था। ऑफ़िस से निकलने के बाद, ऑफ़िस की बात लगभग नहीं के बराबर। देव के साथ भी वार्तालाप कम ही होता सफ़र में। अब बातचीत तो कोरोना पर ही होती अधिकतर। बस दफ़्तर में किसे कोरोना हुआ। मुम्बई के हालात और कोरोना की मौतों का ज़िक्र यदाकदा होता। जब भी चर्चा होती देव सहम जाता। शून्य में ताकता रहता। मरीन ड्राइव से गुज़रते हुए एक नज़र भी समन्दर को न निहारता, कहीं गुम होता वहाँ शायद खुद में या किसी दहशत में। अनन्त कुमार के कुछ कहने पर चौंक पड़ता और क्या बात थी, उसे सूझता ही नहीं। केवल मुस्करा देता या सिर हिलाता।

देव थोड़ा-बहुत संवाद करता केवल अनन्त कुमार के साथ। अनन्त कुमार को मध्य प्रदेश का सन्दर्भ मोहित करता। देव वापसी-यात्रा के सन्दर्भ को लेकर आत्मीय हो उठता। टैक्सी के पैसे बच जाते और यात्रा सुख़द हो जाती है।

'पिछले कुछ दिनों से कुछ कमज़ोरी लगती है!' बहुत साहस करके देव ने बात कही।

'कोरोना-समय में सब्जियाँ वग़ैरह हम कम खा रहे हैं न...इस कारण भी कुछ दिक़्क़तें हैं खान-पान की...वैसे आजकल टिफिन में क्या लाते हैं?' अनन्त कुमार ने बात बढ़ाई।

'कुछ ख़ास नहीं...!' वैसे पत्नी की तबीयत भी ठीक नहीं रहती। इसलिए पास के ही परचून की दुकान में रोटी मिलती है।...सस्ती भी होती है–पचीस रुपये की पाँच...पिछले कुछ दिनों उसी से गुज़ारा होता है। अचार के साथ काम चल जाता है। देव कहीं शून्य में देखता बोला।

'अरे, लाना ही है तो किसी अच्छे होटल से लाओ...जब तक ऑफ़िस की कैंटीन शुरू नहीं होती...ऐसे परचून की दुकान में रोटियों की क्या स्थिति है, मालूम है?' अनन्त कुमार ने सिग्नल पर कार रोककर देव की ओर देखा। देव ने भौंचक हो अनन्तकुमार को जिज्ञासा से देखा। अनन्तकुमार ने देव की ओर देखे बिना हरी बत्ती लगते ही कार आगे बढ़ाते हुए कहा, 'ये जो होटलों में रोटियाँ बच जाती हैं–रात तक...उन रोटियों को गरम करके गरम कपड़े में लपेट देते हैं। इस तरह पता नहीं कब की बासी रोटियाँ ये परचून की दुकानवाले फिर बेचते हैं। नहीं तो पचीस रुपये की एक रोटी भी मुश्किल से होटल में मिलती है और उधर पचीस रुपये की पाँच कैसे मिल जाती हैं...!'

देव मुँह फाड़कर अनन्त कुमार को सुन रहा था। '...और एक बात जान लो कि कुछ बिस्कुट तो इन्हीं बची बासी रोटियों को सुखाकर बनाते हैं। रोटियों की यात्रा होटलों से होती हुई झोंपड़ी-झुग्गियों से फैक्ट्री पहुँचकर बिस्कुट बनकर फिर परचून की दुकान में पहुँचती हैं...!' अनन्त कुमार की बातों को देव फटी आँखों और खुले मुँह से सुन रहा था। अनन्त कुमार ने बात आगे कही, 'रोटियाँ घर की लाया करो, ज़रूरत पड़े तो ख़ुद बनाया करो या अच्छे होटल से लाया करो। पैसे बचाने के चक्कर में लेने के देने पड़ जायेंगे। मैंने

यह सब अपनी आँखों से देखा है, इसलिए मैं ख़ुद सावधानी बरतता हूँ। तुम भी अपना ख़याल रखो...।'

देव विस्मय से सुन रहा था और यह भी ध्यान दे रहा था एयरपोर्ट का क्रॉसिंग आते ही उसे उतरना होगा। उसे इसका भी अहसास था कि बातों की धुन में अनन्त कुमार विलेपार्ले से आगे न निकल जाये। पर अनन्त कुमार ने तयशुदा जगह पर कार साइड में ले ली। देव चुपचाप उतर गया। बिना आँख मिलाए 'थैंक्स, गुडनाइट।' अनन्त कुमार ने भी उसकी ओर नहीं देखा, पर शब्द देव को सुनाई दिए 'तबीयत का ख़याल रखना...खानपान पर ध्यान देना...।'

रात के आठ बजे होंगे। अनन्त कुमार का मोबाइल बजा, 'मैं बोल रहा हूँ' दूसरे ओर से आवाज़ आयी।

'बोलो देव, क्या बात है?'

'आज पता नहीं क्यों बहुत कमज़ोरी लग रही है। कुछ बुखार भी लगता है। छींक निरन्तर है, जुकाम और कुछ खाँसी भी। घर के सबका कहना है कि कहीं कोरोना तो नहीं है, टेस्ट करना चाहिए...मुझे भी लगता है...!' देव एक सांस में बोल गया।

'बुखार कितना है?' अनन्त कुमार ने सन्तुलित होकर कहा।

'99' देव ने तुरन्त कहा।

'डॉक्टर को फ़ोन किया था...उसने कहा घबराने की ज़रूरत नहीं। उसने व्हाट्सएप पर दवाई लिख भेजी है और मैंने केमिस्ट से मँगवा भी ली है। पहला डोज़ खाने के बाद ले ली है...डॉक्टर ने यह भी कहा कि यह वायरल बुखार है, टेस्ट कराने की ज़रूरत नहीं....'

'ठीक है शान्ति से सो जाओ...घबराओ नहीं सब ठीक होगा।' अनन्त कुमार को यह कहना ही था। देव को ढाढस बँधाना था। देव किसी और से इतनी बात भी नहीं करता।

दूसरे दिन फ़ोन आया। बुखार तो गया। खांसी और जुकाम कुछ-कुछ है। बाक़ी सब ठीक है। पर कमज़ोरी है।

दो दिन तक देव का अनन्त कुमार को फ़ोन नहीं आया। वह ऑफ़िस भी नहीं आया। अनन्त कुमार को याद तो आयी थी, पर कुछ सोचकर उसे

फ़ोन नहीं किया। बस कहना चाहता था कि कुछ पौष्टिक भोजन भी करना चाहिए...कमज़ोरी दूर करने के लिए खानपान में कुछ गरिष्ठ चीज़ें शामिल की जानी चाहिए...पर कुछ सोचकर उसने कोई सुझाव न देने में बेहतरी समझी। अनन्त कुमार को मालूम था देव बहुत कंजूस क़िस्म का इन्सान है, वह इस सुझाव को उपदेश समझेगा।

तीसरे दिन उसका फ़ोन आया।

उसकी आवाज़ में बेचैनी थी, 'घर के लोगों का दबाव था कि अस्पताल जाकर जाँच की जाये...लीलावती में हूँ। ओपीडी ने कहा कि पहले कोविड की जाँच होगी...वैसे मुझे काँधे का दर्द था। पिछले साल इसी के लिए भर्ती हुआ था, सो अब फिर दर्द उभरा है। सोचा हिस्ट्री यहीं है। पर उन्होंने पहले कोविड का टेस्ट किया है। मुझे बहुत डर लग रहा है...मुझे कोविड हो गया तो मेरी पत्नी और बच्चों का क्या होगा...' देव की आवाज़ लड़खड़ा गयी।

'घबराओ नहीं सब ठीक होगा...' अनन्त कुमार ने एक सामान्य-सी आश्वासक लाइन कह दी। वह देव के शंकालु और डरपोक स्वभाव से परिचित था। इसलिए हिम्मत बंधाते हुए कहा, 'रिपोर्ट आने दो...देखेंगे... आजकल लगभग नब्बे प्रतिशत लोग ठीक हो रहे हैं। घबराने की कोई बात नहीं।'

अनन्त कुमार को मालूम था कि देव ऑफ़िस में किसी को नहीं बताएगा... डर जायेगा...कोरोना यानी बदनामी; यह दहशत भी उसके भीतर थी।

लगभग 2 घण्टे में उसकी रिपोर्ट उसे मिली। कोविड के हल्के लक्षण हैं। घर में ही कोरंटीन होने की सलाह दी गयी। अस्पताल में जगह नहीं थी। जो बेड थे वे स्पेशल थे। उसका खर्चा उसकी हैसियत से अधिक था। कम्पनी का इस अस्पताल के साथ कोई सम्बन्ध नहीं था। उन्होंने केवल सलाह दी कि कांधे के दर्द का इलाज़ और फिज़ियोथैरिपी कोविड से ठीक होने पर ही हो सकता है। तब तक घर में कोरंटीन हो जायें। घर में कोरंटीन होने की स्थिति भी उन्होंने समझायी अलग कमरा, अलग वाशरूम, सबसे दूर अलग खाना-पीना आदि आदि।

देव को इसकी भनक भी लग गयी थी कि अस्पताल ने उसको कोरोना होने की जानकारी कार्पोरेशन को दे दी है। सभी अस्पतालों और पैथोलॉजिकल

लैबोरेटरीज़ को यह हिदायत दे दी है। सभी अस्पतालों और पैथोलॉजिकल लैबोरेटरीज़ को यह हिदायत दी गयी है कि रिपोर्ट पॉज़िटिव आते ही तत्काल कार्पोरेशन को सूचित किया जाये। तभी तो दूसरे दिन किसी शहर के नये मरीज़ों की संख्या प्रसार माध्यमों में दिखाई देती है।

जैसे ही, अनन्त कुमार के मोबाइल पर देव का नाम झलका, अनन्त कुमार के ध्यान में आ गया कि रिपोर्ट आ गयी है। और देव के कई सवाल उभरे होंगे...उधर देव की आवाज़ उभरी...'डॉक्टर के अनुसार हल्के लक्षण हैं कोरोना के, और घर-कोरंटीन, अलग कमरा, अलग बाथरूम कहाँ से लाऊँ... मेरे पास तो केवल एक हॉल-किचन है। घर पहुँचते ही कार्पोरेशनवालों का फ़ोन आया है, चलो कार्पोरेशन के अस्पताल में भर्ती करेंगे...मुझे कार्पोरेशन में भर्ती नहीं होना है। वहाँ जाना तो लगता है, मरने जाना है...आप मेरे लिए कुछ रास्ता निकालें...वहाँ तो मेरा दम घुट जायेगा।'

अनन्त कुमार ने सही अन्दाज़ा लगाया था। देव उसी तरह घबराया हुआ दयनीय याचना कर रहा था। अनन्त कुमार रास्ता निकालने में बहुत निपुण... कह दिया, 'अरे, डरने की कोई बात नहीं। जब भी आयें पाँच-सौ-हज़ार रुपये दे देना। काम हो जायेगा। देव सुनता रहा। उसकी कुछ समझ में नहीं आया। फिर अनन्त कुमार ने एक घटना के उदाहरण से बात समझा दी कि एक कार सर्विसिंग सेंटर में 35 लेबरर और 17 स्टाफ़ काम करते थे। कार्पोरेशनवाले वहाँ पहुँचे कि टेस्ट करना है। पॉज़िटिव होने पर अस्पताल में भर्ती करना होता। सुना है एक मरीज़ के पीछे डेढ़ लाख रुपये मिलते हैं! बस 52 में से कोई न कोई पॉज़िटिव तो निकल ही आता है। सेंटर के मैनेजर ने एक हज़ार रुपये देकर टरका दिया...फिर तुम क्यों घबरा रहे हो...।'

'मुझे वहाँ जाने से बहुत डर लग रहा है। सुनते हैं, वहाँ अस्पताल में कुछ भी ठीक नहीं है। न साफ़-सफ़ाई, न खान-पान, न दवा-पानी ऊपर से भारी भीड़...वहाँ तो बेड की भी कमी है, कई लोग ज़मीन पर पड़े हैं...बहुत डरावना है वहाँ सब कुछ!' देव ने एक साँस में अपनी बात कह डाली।

पता नहीं अनन्त कुमार के मन में उसके प्रति हमदर्दी क्यों है। शायद अनन्त कुमार हर किसी को मदद करने में आगे रहता है। शायद पहले यूनियन में काम करने की वजह से इसमें रुचि रही हो। अनन्त कुमार की वरिष्ठ

अधिकारियों के बीच अच्छी पैठ थी। किसी की मदद करने की हैसियत थी। कम्पनी का 'नवजीवन' नामक अस्पताल से कारोबारी सम्बन्ध थे।

देव को 'नवजीवन' में बेड मिल गयी। देव को कोई लक्षण नहीं था। जाँच में हल्का प्रभाव बताया गया था। पर डर और घर की जगह की कमी, खाने-पीने की कमी और कार्पोरेशन के अस्पताल की दहशत उसे दयनीय बना गयी। पर अनन्त कुमार के सम्पर्क-सूत्र काम कर गये। 'नवजीवन' में जगह मिल गयी, लेकिन एक कमरे में दो मरीज़...

दिन तो किसी तरह गुज़र गया। रात होते ही बगल वाला मरीज़ चिल्लाने लगा। पीड़ा से कराहने लगा। उसके पलंग से लगी पेशाब की थैली, नाक-मुँह पर ऑक्सिजन की टोपी, सिर के पास लगे मॉनिटर को देख-देखकर देव की हालत पतली हो जाती।

रात आठ बजे भोजन आया। अच्छा भोजन दो चपाती, दाल-चावल, दो अच्छी सब्जी, एक कटोरी खीर, सलाद, रायता...देखकर उसकी तबीयत ख़ुश हो गयी...यह तो घर से भी अच्छा है और सब कम्पनी की ओर से...गहरी नींद में था वह। रात के ग्यारह बजे थे। तभी बगल के पलंग पर ज़ोर-ज़ोर से खाँसी और छींक उठने लगी। ऑक्सिजन की टोपी नाक-मुँह से छिटक गयी थीं। मरीज़ तड़प रहा था, चिल्ला रहा था...देव हड़बड़ाकर उठा। पसीने-पसीने... घबराहट में कुछ सूझा नहीं...सिरहाने लगी बेल की बटन पता नहीं कितनी बार दबायी...नर्स आने के बाद ही बटन को छोड़ा। नर्स ने डॉक्टर को बुलाया। नाड़ी टटोली गयी, सीना दबाया गया, मानिटर पर लगातार नज़र दौड़ाई गयी... इंजेक्शन दिया गया आक्सिजन ठीक किया गया। तब कहीं जाकर मरीज़ शान्त हुआ। देव को लगा बेहोश तो नहीं हो गया। नर्स-डॉक्टर चले गये। मरीज़ शान्त! देव लगातार उसके पेट-सीने को ताकता रहता...साँस तो चल रही है... सोचते-सोचते रात गुज़रते ही देव ने फिर अनन्त कुमार को फ़ोन किया कि उसे मौत के कगार पर पड़े मरीज़ के साथ रखा गया है। देख-देखकर डिप्रेशन होता है...सर सिंगल कमरे में शिफ्ट करवाएं तो बड़ी कृपा होगी।

कम्पनी इंश्योरेंस की थी। 'नवजीवन' महानगर का बड़ा अस्पताल था। कम्पनी से इस अस्पताल के कारोबारी सम्बन्ध थे। अनन्त कुमार ने वरिष्ठ अधिकारियों तक यह बात सफलता से पहुँचाई कि 'माइल्ड' मरीज़ को 'क्रिटिकल' मरीज़ के साथ रखना ठीक नहीं है।

देव को सुबह-सुबह सिंगल रूम में शिफ्ट कर दिया गया। दूसरा मरीज़ दयनीय मौन आँखों से देव को देख रहा था।

यह नया सिंगल रूम वीआइपी रूम था। क्योंकि दूसरा कोई कमरा खाली नहीं था। कोई वीआइपी अचानक आ जाये तो अन्यत्र जाना होगा इस शर्त पर देव को यह कमरा मिला था। अब तो भोजन और बेहतर, खजूर, दलिया, पनीर अच्छा-सा सूप, गरम पानी, दवाइयाँ...दिन में तीन बार जाँच...बुखार कम हो रहा था—धीरे-धीरे...!

भोजन और सुविधाओं ने देव को मोह लिया। टीवी अतिरिक्त रूप से। चादर रोज़ बदली जाती। उसके कपड़े रोज़ बदले जाते। जाँच हर तरह की समय-समय पर होती। घर पर बात करता और सुविधाओं की तारीफ़ करता ख़ासकर भोजन का ब्यौरा देना वह न भूलता...बल्कि बहुत गर्व से बयान करता। सोता, टीवी देखता या मोबाइल पर पत्नी से बातें करता। सोचता इतनी सुविधाएँ घर पर मिलती तो कोरोना की क्या मजाल, ऊपर से ये सारा खाना, सुविधाएँ कम्पनी की कृपा से। अपनी ओर से केवल अम्बुलेंस से यहाँ आने का ख़र्च!

छठवें दिन टेस्ट हुआ। देव पूरी तरह निगेटिव हो गया। उसे बताया गया आज शाम पाँच बजे डिस्चार्ज हो जायेगा। घर जाने की व्यवस्था कर ली जाये।

देव भौंचक्क! इतनी जल्दी!! फिर अपने दड़बे में जाना होगा। इतना अच्छा भोजन, इतनी सुविधाएँ, इतनी जाँच सब समाप्त...वह सिहर गया! सुना था कि चौदह दिन तो अस्पताल में रखा ही जाता है। छह दिन में ये मुझे घर भेज रहे हैं। अनन्त कुमार को फ़ोन मिलाया...'ये लोग तो मुझे छठवें दिन ही वापस भेज रहे हैं। सर, चौदह दिन तो रखा ही जाता है। कोई वीआइपी तो नहीं आ रहा है...! पर मैंने पता किया कोई नहीं आ रहा है। बस मुझे निगेटिव घोषित कर मेरी छुट्टी की जा रही है।...अब तो कुछ कमज़ोरी दूर हो रही थी। कम से कम चौदह दिन तो रखना ही चाहिए न! सर, आप ज़रा किसी तरह चौदह दिन तक बढ़वा दीजिए न...!!

अजनबी

बहुत दिनों बाद आज वह घर से बाहर निकला था। लगभग चार महीने बाद। वह अपने साठवें में प्रवेश कर चुका है। रिटायरमेंट के मुहाने पर है वह। काफ़ी छुट्टियाँ उसके खाते में ज़मा हैं। मार्च के अन्तिम सप्ताह से वह घर पर है। एक दिन भी वह बाहर नहीं गया। घर से काम करने की सुविधा ऑफ़िस ने दे दी है। 'वर्क फ्राम होम' से वह उकता गया। इतने दिन वह घर पर कभी नहीं रुका...ऑफ़िस और ऑफ़िस के काम से दूर। पर...पर नये समय ने घर पर क़ैद कर दिया। टीवी, अख़बार रोज़ बढ़ते आँकडें, रोज़ नये बीमारों के आँकडें, मौतों के आँकडें अस्पतालों के ख़स्ताहाल, नेताओं के बयान, टीवी. पर बहसें, डॉक्टरों का समर्पण, व्यवस्था सम्हालने में पुलिस की फजीहत,... एक दहशत...जीवन पर लगे ग्रहण को देखते हुए वह बहुत चिड़चिड़ा हो गया। चारों ओर दुनिया भर में एक ही विषय कोरोना...कोरोना...कब जायेगा किसी को नहीं मालूम...सारे ज्योतिषी, पत्रकार, डॉक्टर, बुद्धिजीवी, वैज्ञानिक -कोई भविष्य नहीं बता पा रहा था। जो कुछ कहने की कोशिश कर रहे थे, उनके लिए यह कोरोना अंधों का हाथी बन कर रह गया था। पर यह हाथी किसी को दिखाई नहीं देता। सूक्ष्मातिसूक्ष्म से अदृश्य सूक्ष्म।

पहले उसने सुना–पढ़ा था कि चीन में कहीं बड़ी मात्रा में महामारी आयी है–कोरोना। उसने नज़रअन्दाज़ किया इस चिन्ता को–अपना क्या सम्बन्ध? फिर यह महामारी केरल में आयी यह भी उसने सुना। पर इससे अपने को क्या...वैसे वह कर भी क्या सकता था? सिवा जिज्ञासा के उसके पास कुछ भी नहीं था। टीवी पर देखकर, अख़बारों में पढ़कर वह अपने काम पर चल पड़ता। पर यह क्या! अब तो यह महामारी उसके राज्य, उसके शहर में आ

गयी। यह बात जंगल में आग की तरह चारों ओर फैलने लगी। वह चिन्तित हुआ। जब से उसने सुना कि जितनी मौतें हुई हैं, उनमें साठ वर्ष से अधिक उम्रवालों की संख्या अधिक है, वह अपने बच्चों के बारे में सोचने लगा। यह जानकर भी वह सिहर गया कि दूसरी कोई गम्भीर बीमारी के लोगों को कोरोना आसानी से पकड़ लेता है। उसकी दहशत दुगुनी हो गयी। उसे शुगर और बीपी दोनों हैं। लॉकडाऊन, क्वारंटीन, आइसोलेशन, वैक्सीन जैसे शब्दों ने समाज की भाषा में नये रूप में प्रवेश किया। वह चुपचाप इन शब्दों को समझ रहा था, जो उसके शहर के लोगों की जुबान पर थे। रोज़ टीवी और अख़बार में देख-पढ़कर वह हैरान था कि यह अजीब दुश्मन है, जो दिखाई नहीं देता, पर जानलेवा हमला कर रहा है। पता नहीं क्या हो। उसने चार महीनों का राशन और दवाइयों का स्टॉक कर लिया। पत्नी और बच्चों को समझा दिया ...आनेवाला समय बहुत भयंकर है।

पर अब पत्नी और बेटा-बेटी को लग रहा है कि उसकी स्थिति भयंकर है। वह पहले की तरह सबसे बात नहीं करता। बात-बात पर नाराज़ हो जाता है। 'वर्क फ्राम होम' है, फिर भी बीमारी की छुट्टी ले लेता है। वैसे ध्यान तो ऑफ़िस के काम में ही लगा रहता है। वह एक इंश्योरेंस कम्पनी में ऑफ़िसर है। किसी-न-किसी से, आम तौर पर ऑफ़िस के सहकर्मी से ऑफ़िस के बारे में या किसी मामले के बारे में बात करता है। कभी नाराज़ होता है, कभी ग़ुस्सा करता है। बेटा-बेटी एक-दूसरे को ताकते रह जाते हैं, जब वह किसी से किसी बारे में बहस करता है। राजनीति या सरकार पर बात करते-करते वह उत्तेजित हो जाता है। बच्चे समझ नहीं पाते कि ये परिवर्तन उसमें इतनी तेज़ी से क्यों हो रहे हैं! फिर अचानक किसी दिन बेटी की शादी की चिन्ता को लेकर उलझ जाता है।

'ये कोरोना के जाने के बाद सब ठीक हो जायेगा, आप कुछ ज़्यादा ही सोचते हैं...' पत्नी दिलासा देती है।

'इस समय लोग शादियाँ तय कर रहे हैं' वह तर्क करता है।

'हमने तो बात कहीं चलाई नहीं...जब होगा तब देखेंगे' पत्नी विषय को ठण्डा करने की कोशिश करती है। और आगे कहती है, 'आजकल तो अपने लोगों को बुला भी नहीं सकते।'

'तो क्या हुआ, कोर्ट मैरिज कर लेंगे।' वह सोचता है कि उसने कोई बड़ा समाधान ढूँढ़ लिया। फिर आगे जोड़ता है। 'पचास लोग तो शामिल हो ही सकते हैं। अच्छा है ख़र्चा कम होगा...।'

'पर कोई रिश्ता है क्या? आप नाहक बात को दौड़ा रहे हैं।' पत्नी के स्वर में तल्खी है। बेटी अपने कमरे में लैपटॉप पर काम कर रही थी। वह ड्राइंगरूम में आती है। दोनों के कुछ स्वर उसके कानों पर पड़े थे, वह कुछ क्षण दोनों को ग़ौर से देखती है।

'आप लोग मेरी चिन्ता न करें। मुझे अच्छा जॉब है। अच्छा पैकेज है।' बेटी ने दोनों से कहा।

माँ तो शान्त रही, पर वह बोल पड़ा, 'हम नहीं करेंगे चिन्ता तो कौन करेगा? तुमने कुछ सोच रखा हो तो बताओ।'

'मैंने कुछ नहीं सोच रखा है। मैं नौकरी में अगले प्रमोशन की कोशिश कर रही हूँ। आजकल सॉफ्टवेयर में बहुत स्पर्धा है।'

उसने बेटी की ओर गहरी नज़र से देखा, फिर पत्नी की ओर। पत्नी उसी को निहार रही थी। वह पति की सोच को परख रही थी।

वह सोच रहा था इस बात पर कि 'मैंने कुछ नहीं सोचा है।' अर्थात इस बारे में बेटी भी कुछ सोच रही है। कहीं ऐसी-वैसी बात तो नहीं है। मोबाइल पर काफ़ी समय बिताती है। पर पूछे कैसे, हिम्मत नहीं हुई।

विषय बदलते हुए बेटी ने ही पूछा, 'आज आप काम पर नहीं बैठे? आपका लैपटॉप खुला तो है, पर आप माँ से बहस कर रहे हैं। आज आपका ऑफ़िस नहीं है क्या?'

'नहीं बेटा, मैं छुट्टी पर हूँ। अब रिटायरमेंट नज़दीक है। सोचता हूँ, ढेर सारी 'सिक लिव' बकाया है, थोड़ी-थोड़ी लेता रहूँ।' वह कुछ सन्तुलित होकर बोलने की कोशिश करने लगा।

माँ वहाँ से उठकर चली गयी। अब घर का सारा काम उसे ही करना पड़ता है। हाँलाकि बेटी कुछ हाथ बँटाती है। पर ज़्यादा समय नहीं दे पाती, क्योंकि वह घर से ही काम कर रही है। कभी भी कोई कॉल आता है और वह निरन्तर लैपटॉप पर लगी रहती है। कभी-कभी नेटवर्क की समस्या से उसे झुँझलाहट होती है। पर उसकी माँ को उसने कभी झुँझलाते नहीं देखा। जबकि

अभी कोई कामवालियाँ नहीं आ रही हैं। बर्तन साफ़ करना, खाना बनाना, साफ़-सफ़ाई सब उसे ही करना पड़ता है। बेटी मदद करना चाहती है, पर वह कहती है, 'तुम अपना सारा ध्यान अपने काम पर ही दो...कोई चूक नहीं होनी चाहिए।'

बेटी के अपने कमरे में जाते ही वह टीवी खोलकर बैठ गया। वही समाचार...कोरोना की संख्या, संख्या और संख्या। वह चैनल बदल देता है। सुशान्त सिंह की रहस्यमय मौत की गुत्थी और गुत्थ...वह थोड़ी देर रुकता है। एक ओर सीबीआई जाँच कर रही है और दूसरी ओर टीवी पर पाँच-छः लोग गुत्थी का छोर ढूँढते हुए एक-दूसरे पर टूटे पड़ रहे हैं...थोड़ी देर अपनी जिज्ञासा वह थाम लेता है...पर घुमा-फिरा कर वही बात...अभिनेता की मृत्यु न हुई, एक रहस्यमय फ़िल्म बनकर रह गयी...वह ऊब जाता है। एक दूसरे चैनल पर पहुँचकर वह देखता क्या है...बाढ़...बाढ़...और बाढ़। गाँवों-घरों में, शहरों सड़कों में पानी घुस आया है। कारें, ट्रक पानी में बह रहे हैं, लोग फँसे हुए हैं। जन-जीवन अस्त-व्यस्त। तंग आकर वह टीवी बन्द कर देता है। चुपचाप बैठा रहता है शून्य में आँखें गड़ाए।

पत्नी चाय के तीन मग लेकर आती है। हाँलाकि सुबह की चाय हो चुकी थी। अभी तो दिन के साढ़े ग्यारह बज़े थे, पर पत्नी ने सोचा कि विषय कुछ उलझनभरा निकल आया था। चाय से वातावरण ठीक हो जायेगा। सभी अलग-अलग जगह पर बैठे थे। बेटी अपने कमरे में, वह ड्राइंगरूम में और बेटा अलग। एक बड़ी-सी बाल्कनी को कवर कर एक कमरा बना दिया गया था। बेटा यहीं पढ़ाई करता है और यहीँ सोता है। बेटा सी.ए. कर रहा है। आख़िरी साल में है, पर कोरोना के कारण परीक्षा नहीं हो रही है। प्रीलिम्स उसने पहले प्रयास में ही पार कर लिया था।

माँ ने सबको चाय दी। ड्राइंगरूम में आकर देखा कि पति ने चाय का मग नहीं उठाया है, अभी तक कहीं खोए हुए हैं। मुस्काते हुए उसने कहा, 'चाय ठण्डी हो जायेगी।'

वह खोया ही रहा। पत्नी को भोजन की तैयारी भी करनी थी।

पिता की बेचैनी बेटा भी समझ रहा था और बेटी भी। पत्नी को तो समझना ही था। उन तीनों ने सलाह कर ली थी। रात को भोजन की टेबल पर बेटे ने वह बात सबके सामने पिता के सामने रख दी। 'इस रविवार को डैडी, हम सब बाहर जायेंगे पर शहर से बाहर। काफ़ी दिन हो गये हैं, हम घर से बाहर नहीं निकले हैं। पर एक शर्त है...।' उसने पिता की ओर देखा।

उसने चौंककर बेटे को देखा, मानो पूछ रहा हो, 'शर्त?'

पर बेटे ने ही स्पष्ट कर दिया 'सबको मास्क पहनना पड़ेगा, केवल शहर से बाहर निकलने के बाद ही गाड़ी से बाहर निकल सकते हैं। किसी से मिलना नहीं है। घर से ही खाने-पीने का सामान लेकर चलना है। चाय भी साथ में रखेंगे...बाहर से कुछ नहीं लेंगे। रात होने से पहले लौट आयेंगे...।'

उसकी आँखें चमक उठीं। चार महीने से घर में क़ैद है। इतना समय वह घर पर कभी नहीं रुका। रिटायरमेंट से पहले ही रात-दिन घर में! कहीं आना-जाना नहीं।

बेटा गूगल पर कोरोना की बारीक जानकारी हासिल करता रहता। किसी डॉक्टर की तरह सावधानी बरतने की सलाह देता रहता। सब उसकी सुनते, पिता भी। अमेजॉन और बिग बास्केट से सारी चीज़ें घर पर आती रहतीं। अनाज और दवाइयों का स्टॉक था ही। टीवी पर समाचार डराते। मृत्युदर और अस्पताल की कमी दहशत पैदा करते। बेरोज़गार पैदल अपने गाँवों की ओर लौटते मज़दूरों के कारवाँ देखकर अफ़सोस के अलावा कुछ न कर पाते। मन विचलित हो गया था उसका। बेटे-बेटी ने यह पढ़ लिया था। पिता की स्तब्धता, आतंक भरा चेहरा, घर में क़ैद रहने की विवशता और अन्यान्य अनिश्चतताओं के बीच बेटे-बेटी को लगा था कि पिता की सोच में कुछ परिवर्तन होगा।

पिता को भी प्रस्ताव ठीक लगा।

कुछ और नये शब्द हवा में आ गये थे। मास्क...सैनिटाइज़र...और अब अनलॉक। इस अनलॉक के दौर में लोग बड़ी मात्रा में सड़कों पर थे। उसे लग रहा था कि सड़कों पर भीड़ देखकर लगता है कि कहाँ है करोना? कहीं

कोई आपदा नहीं है। उधर टीवी देखने पर लगता कि बस, घर से निकले और ख़त्म...कोई नहीं बचनेवाला...।

बेटा कार चला रहा था। वह जानबूझकर कोई न कोई विषय निकालकर अपने पिता से बात करता रहता। उनकी चुप्पी तोड़ने की उसकी कोशिश होती। बाप सामने की सीट पर बैठा था और माँ-बेटी पीछे की सीट पर बैठे थे। अचानक अमरूदवालों की गाड़ियाँ-ठेलियाँ दिखीं। हमेशा की तरह लोग अमरूद ख़रीद रहे थे।

'पापा, अमरूद लें?' बेटी की आवाज़ थी। वह अमरूदवालों को देख रहा था।

'एक शर्त पर...यहाँ कोई नहीं खायेगा...दो दिन बाद घर में खायेंगे। अमरूदों को दो दिन का क्वारंटाइन...केमिकल से साफ़ करके फिर खायेंगे... इसलिए आज कच्चे ख़रीदने होंगे...।' बेटे ने अपनी शर्त रख दी।

वह चुपचाप बैठा रहा। कोई बात नहीं। बच्चों को मालूम था कि उसे अमरूद बहुत पसन्द हैं।

दोनों भाई-बहन अमरूद ले आये और कार की डिक्की में रख दिए।

थोड़ी देर में कार ने शहर का छोर भी पार कर लिया। चारों ओर हरियाली... हल्की बारिश। यह सड़क गाँव-खेड़े की ओर जा रही थी। कुछ पहाड़ियाँ और सड़क के दोनों ओर खेत थे। चूँकि यह इलाका शहर से सटा था, इसलिए रविवार को लोग इस तरफ़ समय बिताने आते हैं। एक ओर बहुत बड़ा बाँध है। उसके किनारे बहुत भीड़ रहती थी। भेल-पुरी, भुट्टा, कोल्ड्रिंक और ढेर सारी खाने-पीने की चीज़ें यहाँ मिलती थीं। ख़ूब चहल-पहल होती थी, पार्किंग को जगह नहीं मिलती। आज सब सुनसान! इक्का-दुक्का ठेलिए थे। भुट्टेवाले ग्राहक के इन्तज़ार में!

कारवालों को बड़ी उम्मीद से देखने पर कोई एकाध ही रुकता। इस स्थान को शहर की चौपाटी कहा जाता...पर आज सुनसान। पानी पर कोई नाव नहीं। वह सोचता, इन चार महीनों में ज़िन्दगी कितनी बदल गयी है। लगता है कोई महायुद्ध हुआ है इस इलाके में या किसी भूकम्प ने सब तहस-नहस कर दिया है। पर ऐसा कुछ नहीं हुआ है। सारे पेड़ अपनी जगह पर खड़े हैं। सड़कें यथावत हैं। बारीश से बाँध लबालब भरा है। शहर को पूरे साल पानी

की किल्लत नहीं होगी। बस, फ़र्क पड़ा था तो आदमी पर। जानवर पहले की ही भाँति सड़क के किनारे निर्विघ्न चर रहे हैं। आदमी के भीतर एक डर बैठ गया है। शत्रु, आपदा, बम या हथियार कुछ दिखाई नहीं देता, फिर भी डर बुरी तरह भीतर तक उतर गया है...उसे लगता है कि वह एक घने जंगल से गुज़र रहा है और किसी भी क्षण शेर उसे या उसके परिवार को धर दबोचेगा। वह बेतहाशा खुली प्रकृति को निहार तो रहा था, पर जाने क्या सोच रहा था।

'कैसा लग रहा है पापा?' बेटे ने उसकी विचार श्रृंखला तोड़ी।

'बहुत अच्छा। अच्छा किया तुमने, आज इधर आ गये। आज आज़ादी का एहसास हो रहा है...इस कोरोना ने सबको जकड़ रखा था।' वह पहली बार खुलकर बोला।

बेटे को भी अच्छा लगा कि पिता मुख्यधारा में संवाद से शामिल हो गये।

अब शहर के निशान मिट चुके थे। सड़क गाँवों को पार कर रही थी। इक्का-दुक्का कारें आ-जा रही थीं। सड़क के किनारे कुछ रिसोर्ट बने थे। शहर से ही कुछ ग्राहक आते, पर अब संख्या नहीं के बराबर थी।

'कितनी दूर और जाना है?' पहली बार उसने अपनी ओर से सवाल किया।

'बस जहाँ कार पार्क करने को जगह मिल जाये...रुक जायेंगे।' बेटे ने जवाब दिया।

आगे एक पुलिया के पास बेटे ने कार रोक दी। जगह कुछ सूखी थी। तीनों फटाफट कार से उतर गये। वह बैठा रहा। नीचे उतरने की उसकी इच्छा नहीं थी। पता नहीं कीचड़ हो...बाद में कार में कीचड़ आ जाये। आजकल इस तरह की अनहोनी बातों को लेकर वह उलझन में पड़ जाता।

बेटे ने डिक्की खोली। खाने-पीने की चीज़ें पेपर प्लेट में डालने लगा।

'मुझे केवल चाय दो।' उसने कहा।

'नीचे तो उतरिए। देखिए कितनी ख़ूबसूरत हरियाली है।' उसकी पत्नी ने कहा था।

कार का दरवाज़ा खोलकर उसने देखा कि कहीं कीचड़ तो नहीं है। कीचड़ नहीं था। वह नीचे उतरा। सड़क के एक ओर दूर पर एक पहाड़ था और दूसरी ओर बाँध के किनारे का दूर-दूर तक फैला पानी। हरियाली चारों

ओर फैली थी, पहाड़ पर भी घनी हरियाली। पहाड़ियों की तराई में धान की फसल गहरी हरियाली लिए लहलहा रही थी। पल भर वह मग्न हो चारों ओर नज़रें घुमाता रहा। तभी उसके बेटे ने थर्मस से गरम चाय उँडेलकर मग उसके हाथ में थमाया। सड़क की दूसरी ओर पुलिया की जगत पर बैठने की इच्छा से वह सड़क पार कर सूखी जगह देखकर बैठ गया। वातावरण में ख़ुशनुमा ठंडक, चारों और हरियाली, शाम का समय, आकाश में बादल, पर बारिश थमी हुई यहाँ उसे चाय की चुस्की महीनों बाद सुकून दे रही थी। वह पता नहीं कहाँ खो गया था...अपने अतीत में...बच्चों के भविष्य में...अपने रिटायरमेंट में...चाय में...अपने आप में...या और कहीं...पर इतना तो था कि वह खो गया था। उसके बेटे-बेटी को अच्छा लगा कि पापा आनन्द में हैं। सड़क पार से ही बेटी संकेत कर रही है...खाने को कुछ चाहिए...पर वह खो गया था बहुत गहरे...बेटी की शादी के विचार में...यहाँ की गहन हरियाली में...या कोरोना...पता नहीं। बेटी की तरफ़ ही वह देख रहा था पर खोया-खोया सा। लगता था वह शून्य में है।

आज अर्से बाद प्रेस किए कपड़े पहने-थे–लगभग चार महीने बाद... सुबह ही शेविंग की थी। अच्छा-सा पसन्दीदा टीशर्ट पहना था। उसके खिचड़ी बाल काफ़ी बढ़ गये थे। वह किसी कलाकार-सा लग रहा था। भावमुद्रा चिन्तन में भी। वैसे वह कहीं नहीं था। चाय का मग उसके हाथ में था। सड़क से एक पतली सड़क बाँध के किनारे की ओर निकलती है। उस कोने में एक रिसोर्ट का बोर्ड लगा था। उस सँकरी-सी सड़क के दोनों ओर गन्ने के ऊँचे-ऊँचे पौधे लगे थे। पर उसका ध्यान पता नहीं कहाँ था।

उस रिसोर्ट की गली से एक कार बड़ी-सी अचानक निकली और इनकी कार के पीछे आकर रुक गयी। चूँकि ये सब प्रकृति में लीन थे, कोई भी व्यक्ति इनके आस-पास नहीं था। सुनसान जगह चुनकर ही कुछ खा-पी रहे थे। वह तो केवल अपने आप में ही खोया हुआ था।

दूसरी कार पर उसका ध्यान तो गया, पर उसने ग़ौर नहीं किया। ड्राइवर की सीट से एक चालीस-पैंतालीस की उम्र का व्यक्ति उतरा। उसके मुँह पर मास्क नहीं था। इससे पहले कि वह कुछ समझे, वह व्यक्ति उसके सामने आकर बोला, 'आपके साथ एक फ़ोटो लूँ...'

इससे पहले कि वह कुछ कह पाता, समझ पाता, वह दूसरा व्यक्ति उसके पास पुलिया पर आकर बैठ गया और और बेटे को आवाज़ देने लगा, 'जल्दी मोबाइल ला, फ़ोटो निकाल...'

उसका बारह-पन्द्रह साल का बेटा आनन-फानन कार से उतरा। उस व्यक्ति की पत्नी और दूसरा छोटा बेटा कार में ही बैठा रहा।

उसकी कुछ समझ में नहीं आया। यह अजनबी फ़ोटो क्यों ले रहा है? उधर उसका बेटा भौंचक हो उस अजनबी को देख रहा था और पिता को उठने का संकेत दे रहा था। पर वह अजनबी यूँ ही बोलता रहा कि कितना ख़ूबसूरत नज़ारा है न आपके आसपास...। उसके बेटे ने पाँच-छः फ़ोटो खींचे और थैंक्स कहकर हाथ मिलाने के लिए आगे बढ़ाया। पर इसने हाथ जोड़ दिए। वह उठकर चला गया। इसे लगा कि उसके मुँह से बीयर की गंध आ रही थी।

बेटा सड़क के इस किनारे आया। उसके तमाम सवाल...वह कौन था, आपके पास क्यों बैठा था, क्या बातें कर रहा था, मास्क भी नहीं लगाया था उसने...आपने भी मास्क नहीं लगाया...कई कई सवाल...।

वह आदमी कार में बैठकर जा चुका था। 'इसीलिए बाहर निकलना ख़तरे से खाली नहीं होता।' बेटे ने कहा। वह कुछ कहना चाहता था। पर उसकी आँखें बस इतना कह पायीं कि इसमें मेरा क्या कसूर...सब अचानक घट गया। पर वह कुछ नहीं बोला।

सब कुछ ठीक था। घर से निकलते समय एक उत्साह था पर लौटते समय चुप्पी थी। उसका कोई दोष, कोई गलती नहीं थी। पर उसे लगता कि उसी की वजह से यह चुप्पी लेकर सब लौट रहे हैं।

घर लौटकर वह और गम्भीर, और अनमना हो गया। हाँलाकि बाद में किसी ने कुछ नहीं कहा। कहते भी क्या? पर वही सोचने लगा कि वह अजनबी क्यों पास आ गया...ऐसा क्या वह सेलिब्रेटी था कि उसके साथ वह अजनबी फ़ोटो खिंचवा गया? उसके नज़दीक बैठ गया। बियर की गंध भी छोड़ गया।...क्या चाहता था वह? पत्नी को कुछ बताना-जताना चाहता था। बच्चे तो छोटे थे उसके...फिर अचानक कार स्टार्ट कर फुर्र से निकल गया। चारों तरफ़ एक

अजनबी वायरस और अचानक एक अजनबी उसकी बगल में आकर फ़ोटो खिंचवा गया। क्या है यह सब?...यह उसकी समझ से परे था।

दूसरे दिन बेटा और बेटी अपने कामों में व्यस्त थे। वह उस अजनबी के व्यवहार में व्यस्त था। तरह-तरह के सवाल आते और वह गम्भीर हो जाता। उसे अफ़सोस था कि उसने क्यों मास्क नहीं पहन रखा था...पर फिर चाय कैसे पी पाता...एक फ़ीकी हँसी उभरी और वह फिर कल के उस अजनबी के बारे में सोचने लगा...तभी उसे एक ज़ोरदार छींक आयी...वह भीतर तक सिहर गया...छींक?

'पापा, आर यू ऑलराईट?' बेटे की आवाज़ थी।

'कुछ नहीं,' संक्षिप्त-सा था उसका जवाब, पर बेटे का प्रश्न उसके भीतर में कई प्रश्न बो गया।

अब उसका सिर भारी लगने लगा। कुछ जुकाम सा भी महसूस होने लगा...क्या है यह? इससे तो घर में ही ठीक थे। क्या ज़रूरत थी बाहर जाने की...वह ख़ुद से सवाल करता और ख़ुद ही जवाब देता...बेटे ने दिल बहलाने के लिए यह सब किया...पर कल तो उस अजनबी के पास बैठने पर उसने मुझ पर ही दोष मढ़ा...फिर ख़ुद ही बोल गया...उसे चिन्ता है इसीलिए वह बौखलाया था...मुझ पर नहीं उस अजनबी पर...। अब उसे इस तरह के आत्मसंवाद की आदत लग चुकी थी। उसका यह मौन एकालाप घण्टों चलता रहता है।

'क्या सोच रहे हैं?' पत्नी ने टोका।

उसने ऊपर देखा और 'कुछ नहीं' में सिर हिला दिया। भोजन के समय वह बेटी को लगातार देखता रहा। बेटी ने महसूस किया कि पिता के दिमाग़ में कुछ चल रहा है। उसने कुछ कहा नहीं, पर वह अनमना ही था। खाने में उसका ध्यान नहीं था।

'आपने खाना खाने से पहले वाली दवाई ली है न?' बेटी ने जानबूझकर पूछा।

'अरे हाँ, मैं तो भूल ही गया था!' अफ़सोस जताते हुए वह बोला।

'आपको रोज़ की गोलियाँ भी याद नहीं रहतीं...इसीलिए शुगर ऊपर नीचे होती रहती है...' पत्नी ने कहा।

बेटा आँखों के इशारे से यह सब न कहने के लिए कह रहा था। माँ रुक गयी। बेटी समझ रही थी कि पिता को उसकी शादी की चिन्ता है। वैसे सब जान रहे थे कि वे बहुत विचलित हैं...बेटी की शादी, बेटे का सैटल होना, उनका नज़दीक आता रिटायरमेंट...यह सब पहले भी था, पर तब वे इतने गुमसुम नहीं थे। हाँलाकि बहुत बातूनी उनका स्वभाव नहीं था, पर इतने गम्भीर भी कभी नहीं थे। अब तो उन्होंने घर से काम करना बन्द कर छुट्टी ले ली है। टीवी भी ज़्यादा नहीं देखते। अख़बार बन्द है। पुस्तकें पढ़ने का शौक़ उन्हें कभी नहीं था। बस अकेले बैठे-बैठे कुछ सोचते रहते हैं, नहीं तो बेडरूम में सो जाते हैं। कभी-कभी भोजन के बाद ड्राइंगरूम में सोफ़े पर ही सो जाते हैं, दोपहर में भी। घर के सब उनकी मानसिक स्थिति समझ रहे थे। इतने दिनों तक दिन और रात उन्होंने घर में कभी नहीं बिताए थे। ये सारी बातें पत्नी, बेटा, बेटी निरन्तर सोचते रहते हैं।

जब से वह अन्तर्मुखी हो गया है, बेटी ने घर के सारे ख़र्चों की ज़िम्मेदारी उठा ली है, ताकि पिता को बाहर जाने की ज़रूरत न हो और न ही कोई चिन्ता हो। भाई बहन ने घर सम्हाल लिया है। वे पिता को घर से बाहर क़दम नहीं रखने देते। सबसे ज़्यादा ख़तरा बुज़ुर्गों को ही है–कोरोना का। सुबह-शाम टीवी दिखाता रहता है। दूध, सब्ज़ी, खानपान का सामान बिग बास्केट या अमेजॉन से मँगवाते हैं। बेटी ही कार्ड से भुगतान करती है।

'अरे पापा को तो बुखार है। अम्मा, थर्मामीटर तो निकालना' बेटे ने पिता की नाड़ी छूते हुए कहा।

बेटी और माँ भागती हुई आयीं। सब चिन्ता में पड़ गये। वह भी सबको परेशान देखकर घबरा गया। पत्नी ने तुरन्त थर्मामीटर लाया। बेटे ने देखा। बुखार 101 था। आँखों-आँखों में सब सहमे हुए थे। बेटी ने कहा, 'डॉक्टर के पास जायेंगे...'

'नहीं' उसने कहा।

पत्नी कुछ नहीं कह पाई।

बेटे ने कहा, 'मेरे मित्र के पिता डॉक्टर हैं। उनको फ़ोन करता हूँ। आजकल इस कोरोना में डॉक्टर के पास जाना भी सुरक्षित नहीं है।' सब सहमत थे।

पर वह भीतर-ही-भीतर घबरा रहा था...पता नहीं यह कैसा बुखार है... कहीं यह ...? पर ऊपर से वह उन तीनों को चिन्ता न करने की नसीहत दे रहा था।

सबके उपचार शुरू हो गये। बेटी ने पानी गरम कर लिया–पहले भाँप के लिए। फिर पीने के लिए हल्दी डालकर। सब देखकर उसे लगने लगा कि लक्षण ठीक नहीं लग रहे हैं। पत्नी सूप बनाने निकल गयी। बेटा डॉक्टर अंकल से फ़ोन पर बात कर रहा था।

'घबराने की कोई बात नहीं। हर बुखार कोरोना का लक्षण नहीं होता।' डॉक्टर ने आश्वासन दिया। हाँलाकि उसने प्रत्यक्ष में कोई जाँच नहीं की। तीन दिन की खुराक दे दी।

'डॉक्टर दीक्षित से मैंने बात कर ली है। चिन्ता की कोई बात नहीं है। मौसमी बुखार है। तीन दिन की दवाई उन्होंने व्हाट्सएप पर लिखकर भेज दी है। मेडिकल वाला लेकर आता ही होगा...आप चिन्ता न करें।' कहकर बेटे ने उसका हाथ थाम लिया।

बेटे का हाथ हाथ में पाकर वह रोमांचित हो गया। उसे बल मिला। सन्तोष हुआ। साहस भी आया। कल तक वह अकेला हो चला था, पर आज लगा पूरा घर उसके साथ है...। पर यदि दुर्भाग्य से उसे कोरोना हो गया, तो इस पूरे घर का क्या होगा? उसने बेटे का हाथ भींच लिया। भीतरी हलचल को छिपाने के लिए उसने आँखें मूंद लीं। पर भीतर ही भीतर वह अपनी सिसकियों को दबा रहा था।

दवा लेकर और सूप पीकर वह मानो नींद में चला गया। पर वह आधी नींद और आधी जागृत अवस्था में था। वह सो गया होगा, यह सोचकर सब वहाँ से उठे। पत्नी ने सिर पर हाथ रखकर देखा सिर तप रहा था। पर वह यह मानकर वहाँ से निकली कि उसे नींद आ गयी है। उसे अपने काम पूरे करने थे। कोई कामवाली नहीं आ रही थी।

सबके जाने के बाद उसने आँखें खोलीं। कमरे के परदे बन्द थे। दरवाज़ा अधखुला था। वह अपनी ही नाड़ी दूसरे हाथ से टटोलता, अन्दाज़ लेता

कितनी गति है...थर्मामीटर लगाता...बुखार उतना ही है! एक घण्टा भी तो नहीं हुआ है...अपने आप को समझाता...फिर उस अजनबी का चेहरा कौंध जाता जो अचानक उसके बिल्कुल पास पुलिया पर आकर बैठ गया था। उसे बड़ा अज़ीब लगता...कैसे आ गया वह अचानक पास में...क्यों मना नहीं कर पाया...दरअसल वह खो गया था चारों ओर की हरियाली, गर्वीले पहाड़, गीत गाते झरने, लहलहाते धान के खेतों के किनारे बैठकर! जहाँ वह बैठा था वहाँ से फ़ोटो का दृश्य बहुत लुभावना लग रहा था। यही कारण होगा कि वह अजनबी वहीं का फ़ोटो लेना चाह रहा हो...पर यह सब उसकी कल्पना ही थी। पर यदि वह अजनबी संक्रमित रहा हो तो? ...उसके भीतर एक अजनबी विचार कौंध गया...वह अजनबी आदमी...और एक अजनबी वायरस...सब कुछ अजनबी...आज वह अपने आप के प्रति भी अजनबी-सा...घर के लोगों के लिए भी अजनबी...वह घबरा उठता...पता नहीं क्या-क्या विचार उसके दिमाग़ में कौंधते रहते। साठ साल के व्यक्ति को अधिक सावधान रहना चाहिए...टीवी की चेतावनी की रेंज में वह था।

मेरे बाद बेटी की शादी का क्या होगा? बेटे का सी.ए. अभी हुआ नहीं है। पत्नी ने जीवन में बहुत दुख झेले हैं...फैमिली पेंशन तो उसे मिलेगी पर वह अकेली हो जायेगी...फिर उस दिन टीवी पर रिपोर्ट आ रही थी...उस पत्रकार को कोरोना हुआ और चार घण्टों तक एम्बुलेंस नहीं मिली और अस्पताल पहुँचने से पहले ही उसकी मौत हो गयी...फिर किसी को एम्बुलेंस तो मिली पर बीच रास्ते में ही ऑक्सीजन ख़त्म हो गया और उसने एम्बुलेंस में ही दम तोड़ दिया...अस्पताल कोरोना संक्रमित मरीज़ों से भरे पड़े हैं...बेड नहीं बचे हैं। इस अस्पताल से उस अस्पताल के बीच की दूरियाँ नापने में कोई मरीज़ रास्ते में ही साँसें खो बैठा।

अस्पतालों में कर्मचारियों की इतनी कमी कि एक मरीज़ के पास के बेड पर एक आदमी बॉडी में तब्दील हो गया! उसे उठानेवाला कोई नहीं! परिवारवालों से मिलना दूभर! गुज़र गया कोई तो देखनेवाला कोई नहीं... परिवार भी दूर से ही...और तो और अस्पताल का बिल भी पन्द्रह सोलह लाख रुपये...जीवन भर की कमाई स्वाहा...वह गहरी नींद में फिसल गया... वह अजनबी बार-बार पास आकर बैठ जाता। अब उसका चेहरा भी उसे साफ़

दिखाई न देता...चारों ओर पीपीई किट पहने लोग उसे अजनबी लगते! यमदूत की तरह...पास की बॉडी ले जाने के इन्तज़ार से तंग आकर ख़ुद ही उठकर चलना चाहती है ऐसा उसे महसूस होता...वह बड़बड़ा रहा था, वह छटपटा रहा था...वह ज़ोर से चिल्लाना चाहता था, पर आवाज़ ही नहीं निकलती... फिर सचमुच वह ज़ोर से चिल्लाया...नींद खुली...देखा, बेटा-बेटी, पत्नी सब उसके पास बैठे हैं। सब गहरी चिन्ता में!

'कोई बुरा सपना देखा पापा?' बेटी का सवाल था।

बेटे ने हाथ आधा छूकर देखा और थर्मामीटर काँख में लगा दिया। पत्नी बेचैन 'क्या हुआ?'

वह अजनबी सा बारी-बारी सबको देखता रहा। बुखार कम हो गया था। माथे पर कुछ पसीने की बूँदें थीं। बेटे ने निःश्वास छोड़ा। बुखार तो कम हो रहा है, पर दवाई तो तीन दिन लेनी चाहिए।

उसे बेहद कमज़ोरी लग रही थी। बिस्तर सबसे सुविधाजनक लगता। बार-बार नींद आती, पर गहरी नींद रात में भी न लग पाती। दिन में भी वह सपने की गिरफ़्त में था।...वह सड़क पर पैदल जा रहा है ...सपना ब्लैक एण्ड व्हाइट था...सड़क पर यहाँ-वहाँ लोग भरे पड़े हैं...किसी का ध्यान नहीं है। सब अपने-अपने मुकाम की ओर आ-जा रहे हैं। किसी को फ़र्क़ नहीं पड़ रहा है कि कौन चलते-चलते गिर पड़ा या मर गया है। न कहीं पुलिस, न कहीं डॉक्टर, न कोई मोटरगाड़ी न कोई तांगा-रिक्शा...बड़ी-बड़ी नयी पुरानी इमारतें, लम्बी सड़कें, लोगों की आवाज़ाही चुपचाप, किसी की कोई आवाज़ नहीं...और अजनबी लोगों की लाशें...कोई पूछनेवाला नहीं...सब लोग कहाँ आ-जा रहे हैं किसी को पता नहीं...सब अन्तर्मुखी ...ज़िन्दा-मुर्दा आदमी तो थे पर समाज कहीं नहीं...वह भी इन सबके बीच कहीं जा रहा था, कहाँ जा रहा था उसे भी नहीं मालूम।

'सुनिए...' यह शब्द उसके कानों में पड़ा। उसे तुरन्त आकलन नहीं हुआ कि उसने सपने में किसी की आवाज़ सुनी या वह जग गया है। बहुत प्रयास से सिर को झटका दिया तो उनींदी अवस्था में उसने एक आकृति देखी—पत्नी थी।

'सुनिए...' पत्नी ने कहा था।

वह उत्सुकता से सुनने की मुद्रा में पत्नी को देखता रहा।

'गरम गरम सूप है। पी लीजिए, गोली का भी समय हो गया है। आपको आराम हो जायेगा...।' पत्नी ने माथा छूते हुए कहा।

कुहनी के बल उठने की कोशिश करने लगा वह। पत्नी ने तकिए को दीवाल से टिका दिया और सहारे से उसे बिठा दिया। वह केवल पत्नी को देखे जा रहा था। माँ की आवाज़ सुनकर बेटा-बेटी भी बेडरूम में आ गये।

बेटे ने उनके पैर छुए, हाथ टटोला, माथा छुआ...बुखार कम है कहकर थर्मामीटर लगा दिया। तीनों उसे निहार रहे थे और वह मानो सड़क पर गिरे हुए अजनबी लोगों की तरह पथरायी आँखों से उन्हें देख रहा था।

'बुखार तो पूरा उतर गया है...' बेटे ने सन्तोष जताते हुए कहा।

वह कहाँ खो गया था, उसे भी नहीं मालूम।

बेटी ने सूप का बाऊल अपने हाथ में लिया और चम्मच से पिता को सूप पिलाने लगी। साथ ही, ख़ुराक की अन्तिम गोली पिता को दी।

उसने किसी से कोई बात नहीं की। सूप और गोली लेने के बाद उसे फिर नींद आने लगी।

उसे लिटा दिया गया।

तीनों ने एक-दूसरे को देखा और ड्राइंगरूम में आकर तीनों बातें करने लगे।

'बुखार तो उतर गया है, पर पिताजी के दिमाग़ में कुछ चल रहा है...वैसे भी वे बहुत कम बात करते थे...अब तो कुछ बोलते ही नहीं...फ़ोन पर भी किसी से कोई बात नहीं करते। पता नहीं क्या बात है।' बेटे की चिन्ता बाहर आ रही थी।

'सुनील अंकल का तीन बार फ़ोन आ चुका है। हमने उन्हें तबीयत के बारे में कुछ नहीं बताया। मुझे लगता है उन्हें घर पर बुला लें...पिताजी को अच्छा लगेगा।' बेटी बोल रही थी।

दोनों ने हामी भरी, पर बेटे को लगा कि पता नहीं लॉकडाऊन में वे आ पायेंगे या नहीं...

'वे ज़रूर आयेंगे...' माँ ने कहा पूरे विश्वास के साथ।

सुनील अंकल आये सीढ़ियों से, लिफ़्ट का उपयोग नहीं किया उन्होंने। बेल भी नहीं बजाई, मोबाइल पर आने की सूचना दी।

'नमस्कार...कहाँ है मेरा दोस्त, क्या हुआ उसे,...कब से तबीयत ख़राब है? मुझे पहले क्यों नहीं बताया...अस्पताल चलना है क्या...?' ढेर सारे सवाल सुनील अंकल के थे।

उन्हें अलग से प्लास्टिक की कुर्सी पर बिठाया गया। पहले कुर्सी पर सैनेटाइज़र का स्प्रे छिड़का गया। उनके हाथों पर भी! 'बस...बस...' सैनेटाइज़र को रोकते हुए उन्होंने कहा। 'नीचे भी वॉचमैन ने सैनेटाइज़र छिड़का है। वह ऊपर आने देने से मना कर रहा था। मैंने बताया ज़रूरी काम है। तबीयत की बात नहीं बताई। वर्ना पूरी बिल्डिंग में इसकी चर्चा हो जाती... पर अच्छी व्यवस्था है आपकी सोसायटी में ...अब यह सब ज़रूरी हो गया है...।' कुर्सी को, वह भी प्लास्टिक की...सोफ़े से दूर रखी देखकर इशारा करते हुए 'सोशल डिस्टेंसिंग?' कहा, तो सब हँस पड़े।

'कहाँ है पेशंट?' सुनील अंकल ज़ोर से बोले।

सुनील की आवाज़ सुनकर बेडरूम से वह बाहर आ गया। तेज़ी से वह सुनील की ओर बढ़ा...सुनील से हाथ मिलाने के लिए उसका हाथ बढ़ा। उसके हाथ को इशारे से रोकते हुए सुनील ने हाथ जोड़ लिए...'फिर कभी हाथ मिलाएँगे...' फिर तपाक् से बोले, 'ये क्या हाल बना रखा है...?' और अंगूठा ऊपर दिखाते हुए बोले, 'कुछ लेते क्यों नहीं?' दोनों के बीच एक ठहाका गूँजा।

बेटा-बेटी अपने-अपने कमरे में जाते समय एक-दूसरे से कहते गये 'देखा, सुनील अंकल के आते ही पापा की सारी कमज़ोरी दूर हो गयी...न जाने क्या-क्या सोचते रहते हैं!'

पत्नी भी 'अभी आयी...' कहकर उठने लगी तो सुनील ने कहा, 'वैसे तो आज कुछ नहीं लेना चाहिए, पर नमकीन और चाय चलेगी...।'

पत्नी ने पति को देखा और मुस्काते हुए किचन में चली गयी।

सुनील के साथ वह लम्बे समय तक बातें करता रहा, ठहाके और हँसी गूँजती रही। ख़ूब बातें हुयी। इधर की और उधर की भी। घर में तीनों अपनी-अपनी जगह ख़ुश थे कि आज पाँच महीने बाद पापा हँसे हैं। कमाल तो सुनील

अंकल का है कि एक फ़ोन पर हालचाल पूछने आ गये, लॉकडाऊन के बावजूद। थोड़ी देर में सुनील चला गया।

थोड़ी देर वह सोफ़े पर बैठा रहा। टीवी खोला...वही कोरोना...वही सुशान्त...टीवी बन्द कर दिया उसने और फ़ोन करने लगा। सुनील घर पहुँचा भी नहीं होगा कि उसे फ़ोन...पर सुनील घर पहुँचते ही घबराहट में कॉलबैक करता है। हँसते हुए वह कहता है 'मैं एक बात बताना तो भूल ही गया...' सुनील ने टोकते हुए कहा, 'किसी विज्ञापन की नकल कर रहा है क्या...?'

'अरे नहीं यार...' कहकर उस दिन अचानक एक अजनबी का बिना मास्क लगाए क़रीब बैठकर फ़ोटो खिंचवानेवाली बात को वह चटखारे ले-लेकर देर तक सुनाता रहा...।

रेत की प्यास

जब से वह डॉक्टर से मिलकर आया है, उसे बिल्कुल चैन नहीं, नींद नहीं। आज तीन दिन हो गये। शादी को केवल दो महीने रह गये और यह रिपोर्ट। किसे बताए और कैसे? एक बार यह बात उससे बाहर गयी, तो उसकी शादी कभी नहीं हो सकती। ऐसी बातें कहीं छिपती हैं? कतई नहीं।

आज रात सोने से पहले एक बात तो उसने तय कर ली। किसी दूसरे डॉक्टर की राय ली जाये। शादी के बारे में भी डॉक्टर से बात होने बाद ही निर्णय होगा। अब रात भर नींद कैसे लगे? वह अपने भीतर के ऊहापोह, भँवर, तूफ़ान को काबू न कर पाता।

मुम्बई में वह अकेला ही रहता है। वह एक प्राइवेट कम्पनी में इंजीनियर है। अच्छी-ख़ासी हैसियत है, उसकी। अच्छे खानदान का है। सुन्दर लड़की से उसकी शादी तय हुई है। लड़की अच्छे संस्कारित परिवार की है। अच्छी-ख़ासी नौकरी कर रही है। अपने बारे में पहले यह मालूम होता तो शायद वह शादी के चक्कर में पड़ता ही नहीं। जिस लड़की से शादी होनी है, वह उसे बहुत भा गयी है। वह अभी से उसे बहुत प्यार करने लगा है। सभी के साथ ऐसा ही होता होगा। पर जब से अपने बारे में मालूम हुआ वह उसे अधिक क़रीब पाने लगा है। शायद इसीलिए वह उसे बताना भी चाहता है, लेकिन वह उसे खोना भी नहीं चाहता। कितनी-कितनी तरह से सोचने का कोई निष्कर्ष निकलना आसान नहीं था।

पिता उसके जीवन में सबसे क़रीबी व्यक्ति हैं। उन्हें वह बताना चाहता है पर वे बहुत दुखी और परेशान हो जायेंगे। यह सोचकर वह फिर अपने अंधे कुएँ में लौट आता है।

अगले ही दिन वह एक दूसरे डॉक्टर के पास गया। डॉक्टर ने सारी रिपोर्टें देखीं और कहा "यह बहुत इनिशियल स्टेज में है। केवल एक साल के ट्रीटमेंट से आप पूरी तरह ठीक हो सकते हैं..."। "पर डॉक्टर, दो महीने बाद मेरी शादी है और यह पूरा एक साल..."। वह विवश हो गया। भीतर से वह आश्वस्त था कि यह डॉक्टर भी वही कर रहा है कि आसानी से ठीक हो जायेगा। वह आज डॉक्टर से मन की सारी बातें कह डालेगा। वह अपनी भावी पत्नी को धोखा भी नहीं देना चाहता और न ही उसके बिना अपने जीवन को सुखी देख सकता है। बहुत भारी मन से उसने डॉक्टर से पूछा,

"क्या यह ट्रान्स्फरेबल है...?"

"नहीं",

"तो डॉक्टर आप क्या सलाह देते हैं। मैं शादी कर लूँ या साल भर के लिए टाल दूँ?"

"क्या वे इस टालने को सहजता से लेंगे?"

"पता नहीं...शायद नहीं ही।"

"फिर मत टालिए...।"

"क्या भावी पत्नी को मैं इसकी जानकारी दे दूं?"

"पर कोई धोखा जैसा लगता है मुझे...।"

"यह तो फिर आपको तय करना होगा। क्योंकि हम आपकी शारीरिक ट्रीटमेंट तो करेंगे और कुछ-कुछ मानसिक भी, लेकिन आपकी थिंकिंग के स्तर पर कोई बात आती है तो वहाँ हमारी लिमिटेशंस होंगी। पर एक व्यक्ति के रूप में आप पूछ रहे होंगे तो मेरा कहना यही होगा कि आप अभी किसी को न बतायें।"

"इलाज कब से शुरू करना होगा?"

"आज से ही।"

डॉक्टर से प्रिस्क्रिप्शन लेकर वह सीधे मेडिकल शॉप गया। दवाइयाँ लीं और घर आ गया। फ्लैट में कोई नहीं है, उसके साथ। आज की छुट्टी तो ले ही ली है। पर ज़िम्मेदारी ने ऑफ़िस में फ़ोन करवाया। वहाँ सब ठीक था। पहले अपने साथियों को फिर अपने बॉस को बताया कि आज उसके लिए ऑफ़िस आना सम्भव नहीं है।

पहली कैप्सूल ली उसने। उसे लगा कि कोई खोजी दस्ता इसके बदन में प्रवेश कर गया है। शरीर की सारी मांस-पेशियाँ, मज्जा-तन्तु इस दस्ते का स्वागत कर रहे हैं। परन्तु इतने बीहड़ में कहाँ खोजे यह कैप्सूल, वह स्थानि जिसने सम्पूर्ण अस्तित्व को झकझोर कर रख दिया है। वह भी कितना नादान है। क्या इस तरह एक ही कैप्सूल में कोई बीमारी हाथ खड़े कर देगी। अपने उतावलेपन पर उसे हँसी आयी। पर आज डॉक्टर ने जिस तरह समझाकर बताया, इससे वह कुछ आश्वस्त तो हुआ।

अनायास ही उसकी अंगुलियों ने जाना-पहचाना-सा एक नम्बर दबा दिया। उधर से आवाज़ आयी,

"हैलो"

"नीता?"

"हाँ, सुदेश...कैसे हैं?" सकुचाता हुआ एक स्वर कानों में पड़ा। कितनी मधुर आवाज़ है नीता की। कानों में मिसरी जैसी घुलती लगती है। शायद तीसरी या चौथी बार ही फ़ोन पर बात हो रही थी, शादी तय होने के बाद।

नीता ने यूँ ही पूछ लिया

"कोई ख़ास बात है...मेरा मतलब है..."

"क्यों कुछ ख़ास बात हो तभी फ़ोन करूँ...कुछ नहीं। यूँ ही। याद आ गयी तुम्हारी...।" कहते-कहते सुदेश की आवाज़ दोहरी हुई जा रही थी।

नीता वैसे तो महानगरीय संस्कृति में पली-बढ़ी, पर सुदेश से बात करते हुए उसके भीतर छुईमुई की बेल अनायास ही रेंग जाती है। उसे सूझता नहीं सुदेश से क्या बात करे। नौकरीशुदा होने और रोज़ तमाम पुरुष साथियों से बात करने जैसी बात तो नहीं है न अब सुदेश से बात करना।

सुदेश को भी कोई ख़ास बात तो नहीं थी करनी। घर के लोगों के हालचाल पूछकर फ़ोन रख दिया।

पर क्या सचमुच उसे कुछ भी कहना नहीं था। क्या उसे यह बताना नहीं था कि वह जल्दी ही ठीक हो जायेगा। क्या उसे अपनी भीतरी उलझन नीता को बतानी नहीं थी। उसे बताना तो ढेर सारा था। पर उसकी आवाज़ सुनकर ही सन्तुष्ट हो गया था। जैसे ही उसे अपनी तबियत का ख़याल आता वह नीता के प्रति बहुत चिन्तित हो जाता। पर अब तो तय कर ही लिया सुदेश ने कि

तबीयत की चर्चा किसी से भी नहीं करनी है। नीता से भी नहीं। परन्तु, ख़ुद से कब तक वह अलग रह पाता।

शादी धूमधाम से हुई। मित्र-परिवार रवाना हो गये। सुदेश और नीता हनीमून पर अंडमान गये। होटल अभिषेक में रूके। सारा हिन्दुस्तान जिसे 'काला पानी' के नाम से जानता है, उसे सुदेश ने और अबन नीता ने भी हनीमून के लिए क्यों चुना? बस सुदेश की इच्छा थी और नीता को मानना था। मन से।

एक रात बहुत अन्तरंग क्षणों में सुदेश ने बहुत व्यावहारिक सुझाव रख दिया।

"हम साल भर बाद ही अपने बच्चे के बारे में सोचेंगे...।"

...नीता ने केवल देखा सुदेश की ओर। सुदेश पता नहीं कहाँ देख रहा था। शायद समय को एक साल आगे लाँघते हुए। नीता ने पहले तो मुस्काते हुए सुदेश के संवाद को सम्भाला। फिर सोचा "क्या यही समय था बताने का। वैसे भी कितने दिनों बाद इतने क़रीब आने का मौका मिला और उसमें भी यह बात। पर बात अब न करते तो शायद बाद में करने का मतलब भी न होता। नीता ने स्वयं को समझाया और सुदेश के और क़रीब आती बोली "और क्या-क्या, कब-कब करने की तारीख़, साल तय किया है आपने।" एक शरारती निगाह सुदेश के चेहरे पर डालते हुए आँखें मूँद ली उसने।

सुदेश कुछ विचलित हुआ। 'इस प्रश्न को उसने सहजता से लेना चाहिए' स्वयं से कह रहा था वह। फिर बोला,

"अच्छा कल कहाँ-कहाँ जाना है?"

"जहाँ आप कहें..."

सुदेश ने कुछ स्थानों के ऐतिहासिक और प्राकृतिक महत्त्व बताए। नीता सुनती रही। पता नहीं कब नींद ने नीता को धर दबोचा। सुदेश हालात को अपने पक्ष में करने की भरपूर कोशिश कर रहा था। उसकी नज़र में नीता बहुत समझदार और गहराई के साथ स्थितियों को जानने वाली लगी। उसे अच्छा लगा कि नीता उसकी योजनाओं, इच्छाओं का सम्मान करती है। अब वह आश्वस्त था। एक लम्बे समय के बाद उसे भरपूर नींद लगी।

एक दिन नीता की तबीयत ठीक नहीं थी। सुबह ही सुदेश से कह दिया कि आज मैं छुट्टी लूँगी। ऑफ़िस फ़ोन भी कर दिया।

सुदेश ने हामी भरी, क्या डॉक्टर के पास चलना है। नहीं, कोई ख़ास बात नहीं। छुट्टियाँ भी तो बची हैं। बस, आज मन ही है ऑफ़िस जाने का।

"कहो तो मैं भी छुट्टी निकाल लूँ?" सुदेश पास आते बोला।

"नहीं, कहीं जाने का मन नहीं है। बस आराम करूँगी। आप ऑफ़िस जाइए। कोई ख़ास बात नहीं है।"

"फिर शाम का खाना बाहर ही खाएँगे। तुम कुछ मत बनाना। आराम करना।"

"ओ.के."

सुदेश चला गया ऑफ़िस। अनमनी-सी नीता आराम के लिहाज से सोई तो, पर उसका मन नहीं लग रहा था। सिर भी ठीक हो गया था। अब दर्द भी नहीं है। फिर वह क्यों बेचैन है। इसका जवाब उसके पास भी नहीं था। उसने अपनी माँ से फ़ोन पर बात भी कर ली थी। सब कुछ ठीक था। बस, अपने खालीपन को भरने के लिए उसने घर सहेजना शुरू किया। कपड़े, किचन, ड्राइंग रूम और न जाने क्या-क्या...।

आज नीता ने सुदेश की अलमारी भी खोली। कपड़े ठीक किए। पता नहीं क्या सोचकर उसने सुदेश का ड्रावर भी खोला। चीज़ें तरतीब से लगाने लगी। अचानक उसे हाथ एक बड़ी सी शीशी लगी। जिसमें ढेर सारी कैप्सूल थीं। उसका कुतूहल बढ़ने लगा। इतने कैप्सूल। छह महीने से वह सुदेश के साथ है। कभी नहीं बताया क्या परेशानी है। क्या तकलीफ़ हैं–उन्हें। शीशी घुमाकर उसके दवाई का नाम पढ़ा–'डैप्सोन" वह उसके ब्यौरे देखने लगी। एम.एससी. किया है उसने। कुछ-कुछ आशंकाओं ने उसे घेरना शुरू किया। फिर सुदेश के व्यवहार से वह उन आशंकाओं को मिलाकर देखती। देखते-देखते एक तूफ़ान-सा उसके भीतर उठने लगा। एक झोंका बवंडर लेकर आया–'सुदेश ने मुझे बताया क्यों नहीं। छिपाने लायक क्या तकलीफ़ है सुदेश को। मजबूरी क्या है? मेरे विश्वास का क्या?' आशंकाओं के डंक डसते रहे। उसने ड्रावर को पूरी तरह देख डाला। प्लास्टिक के एक थैले में डॉक्टर की

पर्चियाँ मिलीं। उसे लगा कोई रिपोर्ट भी कहीं होगी। पर कोई मेडिकल रिपोर्ट नहीं मिली। खैर।

अनमनी तो वह सुबह से ही थी। इस घटना ने उसे बुरी तरह हिला दिया। उसकी समझ में नहीं आ रहा था, क्या करे वह। सुदेश के आने के बाद ही बात स्पष्ट होगी। तब तक क्या करे...अचानक उसकी अंगुलियाँ फ़ोन पर फिरने लगीं...

"हैलो"

"..."

"हैलो...हैलो...

"फ़ोन रख दिया नीता ने। सोचा सुदेश से इस बारे में फ़ोन पर पूछकर क्या होगा। तीन तो बज ही गये हैं। शाम को लौटने पर ही पूछ लेगी। पर वह अपने आपको यह नहीं समझा पा रही थी कि कितनी भी बात भयंकर क्यों न हो–सुदेश को तो मुझे बताना ही चाहिए था।...बस, विश्वास, धोखा, विवशता, आतंक, भय और अनहोनी उसके समय पर मंडराने लगे।

घर-सफ़ाई का अभियान अधूरा रह गया। मन में इतनी धूल, धुआँ और तूफ़ान उठा है कि आँखों से कुछ दिखाई ही न देता। इतना समर्पण, इतनी आस्था और सम्पूर्ण प्यार उड़ेलने के बाद यह मिला। दया भी आती कि शायद कोई ऐसी बात हो जिस बताकर सुदेश मुझे दु:खी नहीं करना चाहते। फिर पहले ही बताना चाहिए था। डॉक्टर की पर्ची बताती है कि यह तकलीफ़ छह महीने पुरानी है। बातों की मिठास, सपनों का विश्वास और गृहस्थी के तमाम साझा प्रयासों में आज यह कैसा भूचाल है। निगेटिव विचार करने के अपने रवैये पर उसे कोफ्त भी हुई। शायद सुदेश को मेरी ज़रूरत हो, ऐसे समय...। पर सुदेश ने मुझे बताया क्यों नहीं–मेरे विश्वास को आहत क्यों किया–तमाम छिपकलियों ने उसके दिमाग़ पर क़ब्ज़ा कर लिया और आशंकाओं ने जकड़ लिया उसे...क्या करें वह फूट-फूट कर रोने लगी अकेली। अकेला आदमी रोये भी तो कितनी देर...अपने आपको समझाया, ढाढस बँधाया और आने वाली स्थितियों के लिए तैयार किया।

सुदेश के आते ही क्या पूछेगी वह। कैसे पूछेगी। एक महायुद्ध उसके सामने था। शाम हो चली थी। आईने के सामने उसने जब स्वयं को पाया तो

अपनी आँखों को देखकर थर्रा गयी वह। कितनी सूज गयी हैं आँखें। क्या कर सकती है–कुछ नहीं। क्या फ़र्क़ पड़ता है। हाथ-मुँह धोकर वह कमरे में अकारण चक्कर लगाने लगी।

बेल बजी, वह तो तैयार ही थी। पर ठिठक गयी पल भर के लिए। दरवाज़ा खोला। भीतर क़दम रखते ही सुदेश ने कहा था–'हैलो'।

पर कोई प्रतिक्रिया नहीं। कहीं और देख रही थी। ठीक तो लगते हैं। पर इतनी कैप्सूल...?!

सोफ़े पर ही अपना ब्रिफकेस रखते हुए नीता के पीछे से कंधे पर हाथ रखते हुए सुदेश ने पूछा, "अब कैसी है तबीयत"

नीता के न पलटने पर उसी काधों को मोड़ते हुए फिर वही सवाल किया। जवाब में नीता की आँखों में उतर आये लाल डोरे और सूजी हुई आँखें उसके सामने आ गयी,

"क्या बात है...तबीयत ज़्यादा ख़राब है। तुमने फ़ोन क्यों नहीं किया। मैं आ जाता। चलो तैयार हो जल्दी से। डॉक्टर के पास चलते हैं...।" और उसने हल्के से नीता के कांधे दबाए।

"यह क्या है?" नीता ने अपने सारे आवेगों पर काबू रखने की कोशिश करते हुए कैप्सूल की शीशी आगे बढ़ा दी।

सुदेश को इसकी उम्मीद नहीं थी। वह हड़बड़ा गया।

"यह क्या है?" क्रोध और दृढ़ता में शब्द बहुत तीखे हो गये थे।

सुदेश ने भाँप लिया। नीता की आँखों की सूजन का कारण। उसकी आवाज़ की तल्खी, उसकी आँखों में आहत विश्वास, अदृश्य डर और एक खौफ़नाक भविष्य दिखाई दे रहा था। सुदेश सचमुच नीता से प्यार करता है। बिना एक पल गंवाए वह सब कुछ बता देता। लेकिन...लेकिन-वेकिन कुछ नहीं...उसने बहुत शान्त और सन्तुलित होकर कहना चाहा...

"दरअसल, मैं बहुत दुविधा में था..." सुदेश का वाक्य पूरा होने से पहले ही लगभग काँपते हुए नीता ने पूछा, 'किसलिए लेते हैं ये कैप्सूल...किस कारण...क्या बीमारी है आपको?'

एक साँस में नीता ने पूरा दिन उगल दिया।

सुदेश इस स्थिति के लिए बिल्कुल तैयार नहीं था। पर, वह पलभर में सम्भल गया और विवश होकर कह पाया 'लेप्रसी'। इस शब्द का उच्चारण करते ही वह निढ़ाल होकर सोफ़े पर बैठ गया। आँखें झुकी हुयीं, गला रूंधा हुआ, आँखें डबडबाई–चारों ओर अँधेरा...नीता के चेहरे की प्रतिक्रिया देखने का साहस भी नहीं बचा था। सन्नाटे को चीरती हुई नीता की आवाज़ गोली की तरह उसके कानों पर पड़ी–

"कबसे है?"

"आठ महीने से।"

"शादी से पहले से?"

"हाँ, पर मेरी बात तो सुनो नीता..." विह्वल हो गया वह एक नन्हें शिशु की तरह।

"आपने मुझे पहले क्यों नहीं बताया?"

सुदेश के लिए यह अपेक्षित प्रश्न था। इसके पहले कि वह बोलता नीता पलटकर पूछ बैठी,

"जब आपको यह मालूम था तो आपने शादी ही क्यों की? क्यों धोखा दिया मुझे?"

सुदेश को लगा उसकी बाँह पर उगा एक छोटा-सा मरियल धब्बा सारे शरीर पर यहाँ तक कि दिलो-दिमाग़ तक फैल गया है। "धोखा" शब्द असंख्य बिच्छुओं के डंक से सारे-सारे शरीर में चभो रहा है।

फिर भी सुदेश सन्तुलित बनने की कोशिश में लगा रहा। वह बहुत ईमानदारी से घटना की एक-एक परत नीता के सामने रख देना चाहता था।

"सुनो"

"कुछ नहीं सुनना है मुझे..."

"नीता तुम सुनो...यह सही है कि शादी से पहले यह मुझे मालूम हो गया था।"

"तो...बताया क्यों नहीं"।

"मैं तुम्हें खोना नहीं चाहता था..."

"इस तरह धोखे से पाना...।"

"नहीं धोखा तो नहीं...मेरी भावनाओं को समझो...।"

"तुमने मेरी भावनाओं से खिलवाड़ किया है।"

"देखो नीता, शादी तय हो जाने के बाद यह धब्बा मेरे ध्यान में आया...यह नान-ट्रान्स्फरेबल है...।"

"किसने कहा।"

"डॉक्टर का कहना है...। इसीलिए मैंने चुप रहना उचित समझा।"

"तुम मुझे तो बता सकते थे। मैं पढ़ी-लिखी हूँ। ऐसी बीमारियों के बारे में जानती हूँ। कोई अंधविश्वास या भ्रम नहीं है मेरे मन में। विज्ञान पढ़ा है मैंने भी...।"

"मुझे एक बार यह लगा भी था कि मैं तुम्हें बता दूँ। पर फिर कह रहा हूँ– शादी तय होने के दिन से मैं तुम्हें बेतहाशा चाहने लगा। डॉक्टर का कहना था कि साल भर में सब कुछ बिल्कुल ठीक हो जायेगा। मैं तुम्हें खोना नहीं चाहता था। ठीक हो जाने पर तो कोई सवाल ही नहीं था।"

"तुम्हारी कोई सफ़ाई नहीं सुननी है मुझे। तुम्हें मालूम होना चाहिए कि मेरी ज़िन्दगी के साथ खेलने का तुम्हारा कोई अधिकार नहीं था।"

जितना कहना था, सुदेश कह चुका था। नीता भी ठीक ही कर रही है। तभी नीता फिर भड़क उठी,

"मालूम है तुम्हें, ऐसे मामलों में शादी...।" कहते-कहते वह फूट-फूटकर रोने लगी।

सुदेश उसके क़रीब जाकर उसे समझाना चाहता था। पर वह ऐसा नहीं कर सका। अब उसकी अपनी ही देह नीता के क़रीब जाने में रुकावट बन गयी। उसने बस इतना कहा कि अभी डॉक्टर के पास चलते हैं। फिर से जाँच करा लूँगा। जो भी स्थिति होगी, तुम जो भी निर्णय लो मुझे मंजूर है।

"तुमने एक साल तक बच्चा न होने देने की बात कही थी, तभी मुझे कुछ लगा था। पर मैंने इसे बहुत सामान्य रूप से लिया था। अब सब कुछ मिलाकर देखती हूँ तो तुम्हारी योजनाएँ एक-एक कर उभरती हैं..."

"पर मैंने क्या ग़लत किया...सावधानी ही बरती है। वह भी डॉक्टर की सलाह पर...नीता हमारी समस्या डाक्टर ही ठीक कर सकते हैं। तुम चाहो तो अभी इसी वक़्त चलो। अलग से भी मिलकर सारी स्थिति स्पष्ट कर सकती हो..."

डॉक्टर ने स्थिति पूरी तरह भाँप ली। फिर भी सुदेश से ही पूछा। सुदेश ने सिलसिलेवार सब बताया। नीता रह-रहकर बोलना चाहती। डॉक्टर उसे सब बताने का आश्वासन अपनी आँखों से ही देते। अन्त में, नीता से उन्होंने कहा,

"मैं आपकी बात समझ सकता हूँ। कोई भी होता तो वही करता, जो आपको लग रहा है।"

"लेकिन..."

"मेरी बात पूरी हो जाने दीजिए। मैं आपकी हर शंका का समाधान करूँगा... मैंने ही सुदेश से स्पष्ट कहा था। सालभर में सब ठीक हो जायेगा...और सुदेश, यदि मैं ग़लत नहीं हूँ तो तुमने मेरा सेकण्ड ओपिनियन ही लिया था।"

"जी...। सुदेश को कुछ सहारा मिल रहा था। तबीयत की ख़राबी से अधिक वह अपमानित अनुभव कर रहा था। अब वह कुछ सामान्य रूप से बोलने लगा,

"डॉक्टर, मैंने नीता से यह बात छिपाई...।"

"मैंने ही तुमसे कहा था। और इसमें चिन्ता की कोई बात नहीं। अब तक भीतर से सब साफ़ हो चुका होगा। मुझे तो लगता है इन छह महीनों की एक रिपोर्ट आप ले ही लीजिए। फिर नीता की ओर मुड़ते हुए डॉक्टर बोले",

"सब ठीक हो जायेगा। और आप दोनों मुझे बहुत समझदार लगते हैं। मुझ पर भरोसा रखिए...। दरअसल यह बीमारी बहुत प्राइमरी स्टेज पर थी। शादी तय हो चुकी थी। हमारे समाज में ऐसी बीमारी कभी गुप्त नहीं रहती। फिर हम भी इसे सहजता से नहीं लेते। वो तो गलती से सब खुल गया, वरना यह बीमारी चुपचाप चली गयी होती। अब भी चली गयी होगी...विश्वास रखिए। कोई शंका-सवाल हो तो वेलकम।"

नीता और क्या पूछती। मन खिन्न हो गया था। बोझिल क़दमों से वे दोनों घर आये। कौन क्या बात करें। एक अजीब से युद्ध मन में, दोनों लहुलूहान थे। अपनी-अपनी लड़ाइयों के लिए उन्होंने अपना सर्वस्व दाँव पर लगाकर वे शादी के मुहाने तक पहुँचे थे। पर अब मुहाने के नीचे एक ज्वालामुखी सुलग चुका था। भीतर लावा पिघल रहा था।

इस ज्वालामुखी को शान्त होने में दो वर्ष लग गये। कितने ही महीने सुदेश को अकेला रहना पड़ा। कितनी ही बार भयावह यौवन और अदृश्य डरों को

अलग-अलग ढोना पड़ा। इन दो वर्षों में नीता ने कई-कई बार भीतर तक पता नहीं किन-किन खयालों को खदेड़ा होगा। अपनी माँ से भी इन बातों को वह बता न सकी। भयंकर घुटन के बीच कुछ कानूनी पहलू भी उसे ललकारते। कुछ दिन नीता माँ के साथ रही पर वहाँ भी चैन न मिलता। बीच-बीच में रिपोर्टों की गवाही सुदेश के पक्ष में जाती। ज्वालामुखी शान्त होने में और दो साल गुज़र गये।

एक दिन अचानक डॉक्टर के सामने पाँच साल के बच्चे के साथ उसके माँ-बाप केबिन में दाखिल हुए। दम्पत्ति को देखते ही डॉक्टर पहचान गये। बच्चे को देखकर ख़ुश हुए। नीता की ओर देखकर बोले, "चलिए, अच्छा लगा तीनों को यहाँ देखकर।"

सुदेश और नीता उसी पुरानी मुद्रा में एक-दूसरे को देख रहे थे। फिर, आतंक भरे स्वर में सुदेश ने डॉक्टर से कहा, "डॉक्टर साहब हमारे बेटे की दाहिनी बाँह पर एक लाल-सा धब्बा उभर आया..."

डॉक्टर ने तुरन्त जाँच की। सबसे पहले वहाँ सुई चुभोई। बच्चा तिलमिलाकर चीख़ने लगा।

डॉक्टर ने कहा "कुछ भी तो नहीं है। आप लोग अब भी घबराये हुए हैं। बस यह मरहम लगाइए, सब ठीक हो जायेगा।"

क्लिनिक से बाहर आने तक डॉक्टर की पर्ची नीता के हाथ में थी। बाहर आने पर उसने पर्स खोली, सुदेश की ओर देखा और पर्ची पर्स में रखी दी। सुदेश को नीता की आँखों में झाँककर यह समझते देर नहीं लगी कि आज उसका अपना धब्बा बाँह से पूरी तरह साफ़ हो गया है। उसका जीवन रेगिस्तान में बदल गया था। भीतर तक वह प्यासा था। अब जब बेटे की बाँह का धब्बा साधारण ही निकला तब नीता की बड़ी-बड़ी आँखें अनायास ही भर आयीं। इसमें सुख तो था ही, सुदेश के लिए अफ़सोस भी साफ़ छलक रहा था। आज सुदेश को लगा, उसकी जीवन की तपती रेत की प्यास बुझती चली जायेगी...।

सफ़ेद गिद्ध

ट्रेन के चलने में कोई पाँच-सात मिनट बाक़ी थे। लगभग सारी सीटें भर चुकी थीं। चेयरकार की यह बोगी डेक्कन क्वीन ट्रेन में लगी थी। यह इंजन के क़रीब होने के कारण प्लेटफॉर्म के दूसरे छोर पर यह डिब्बा था। सुबह की आपाधापी। घर से स्टेशन, फिर पुणे से मुम्बई। लपककर कई लोग ट्रेन में चढ़ रहे थे। समय पर एक व्यक्ति डिब्बे में चढ़ा। सफ़ेद पैंट और सफ़ेद बुशशर्ट, जूते भी सफ़ेद-डिज़ाइनर, माथे पर हल्का-सा सफ़ेद तिलक...बहुत शिद्दत से एक-एक सीट को निहारता हुआ आगे बढ़ रहा था। खाली सीट दिखते ही पूछता–खाली है? नहीं कहने पर आगे बढ़ जाता। एक ऐसी सीट खाली थी, जिसके लिए 'नहीं' कहने वाला कोई नहीं था। 'मालूम नहीं' ही बोल सके पास की सीट वाले। सीट खिड़की के पास थी। उस आदमी के हाथ में एक छोटा-सा बैग था। वह खिड़की वाली खाली सीट पर बैठ गया। तभी एक साठ के आसपास की महिला लगभग दौड़ती-सी आई और अपनी सीट का नम्बर खोजने लगी। ट्रेन छूटने में 2-3 मिनट बचे थे। पता नहीं कितनी तेज़ी से वह दौड़ती आयी होगी। बुरी तरह हाँफ रही थी। दिसम्बर का महीना था, सुबह का समय, फिर भी उसके माथे पर पसीने की बूँदें झलक रही थीं।

नवागंतुक महिला सम्भवत: गाड़ी छूटने के समय पहुँचने वाली अन्तिम यात्री थी। कन्धे पर बड़ी-सी पर्स और एक हाथ में प्लास्टिक का थैला। दूसरे हाथ में टिकट। 29 नम्बर की सीट के पास वह पहुँची। देखा तो एक सज्जन बैठे हुए अख़बार पढ़ रहे हैं। वह कुछ कहना चाहती थी, पर साँस इतनी फूल रही थी कि शब्द न निकल पाते। पास की एक दूसरी स्त्री ने उसके हाथ का टिकट लिया और पास वाले अख़बार पढ़ रहे सफ़ेद कपड़े वाले से कहा–29

नम्बर की यह सीट इनकी है। टिकट भी दिखा दिया। खड़ी महिला कुछ कहने की स्थिति में ही नहीं थी। उस आदमी ने ही पूछा, 29 नम्बर आपका है? उस महिला ने समर्थन में सिर हिला दिया।

सफ़ेद कपड़े वाला चुपचाप उठ खड़ा हुआ। आसपास एक गिद्ध नज़र दौड़ाई और बिना कुछ बोले आगे बढ़ गया। डिब्बा पूरा भरा था। वह महिला अपनी सीट पर बैठ गयी और यह आदमी टीसी के पास पहुँच गया। यह जानने के लिए कि क्या कोई लोनावला में उतरने वाला है। टीसी लिस्ट देखने लगा। वह ट्रेन के दरवाज़े पर ट्रेन चलने का इन्तज़ार कर रहा था।

ट्रेन शुरू होने में एकाध मिनट बचा होगा। 29 नम्बर की सीट वाली महिला पसीना पोंछ रही थी। अचानक उसके मुँह से अजीब-अजीब-सी आवाज़ें आने लगी। पहले तो आसपास के यात्रियों ने ध्यान नहीं दिया। पर आवाज़ें जब बहुत ज़ोर से आने लगीं, तब उसके पास के यात्री ने ध्यान दिया। उसने देखा कि उस बुज़ुर्ग महिला के मुँह से झाग निकल रहा है और पर्स भी छूटकर गिर गया है। उसने सहयात्रियों को आवाज़ दी। इतने में ट्रेन शुरू हो गयी।

'...ज़ंजीर खींचो...ज़ंजीर खींचो...' किसी ने आवाज़ दी।

एक 35-40 साल के युवक ने ज़ंजीर खींची। गाड़ी रुकी नहीं तो लगभग वह ज़ंजीर से झूल-सा गया और गाड़ी रुकने तक लटका रहा। गाड़ी रुक गयी। लोगों ने उस महिला को सीट पर लिटा दिया।

कोई चिल्ला रहा था, 'अरे डिब्बे में कोई डॉक्टर है...? कोई पास के डिब्बे में भी चिल्लाता भागा...कोई डॉक्टर है?' इमरजेंसी है।

इधर महिला के मुँह से झाग की मात्रा बढ़ गयी और आवाज़ पूरी तरह बन्द हो गयी।

किसी ने उसके चेहरे पर पानी छिड़का, कोई प्रतिक्रिया नहीं।

टीसी और सफ़ेद लिबासवाले की लोनावला के बाद खाली होने वाली सीट के लिए सौदेबाजी चल रही था। ट्रेन रुकने का कारण जानने टीसी डिब्बे के भीतर लपका। उसके पीछे सफ़ेद लिबासवाला...

'अरे टीसी, डॉक्टर को बुलाइए। स्ट्रेचर मँगवाइए...इमरजेंसी' है। टीसी ट्रेन के दरवाज़े की ओर बढ़ा।

किसी ने कहा, 'अरे कोई मेडिकल हेल्प के लिए 108 डायल कीजिए।'

कुछ लोग मोबाइल पर लग गये।

तभी रेलवे पुलिस के तीन-चार कर्मचारी भीतर आए।

'किसने खींची चेन...क्या बात है?' आगे बढ़ते ही उन्हें कारण मालूम हो गया।

किसी ने उनसे कहा 'स्ट्रेचर मंगवाइए...' इन्हें तुरन्त नीचे उतारना चाहिए।

तभी एक डॉक्टर आयीं। अगले डिब्बे में थीं। उन्होंने नब्ज़ देखी और बोलीं, 'बीपी बहुत डाउन हो रहा है। तुरन्त मेडिकल हेल्प की ज़रूरत है।'

टीसी गायब था। पुलिस के दो लोग फिर डिब्बे के भीतर। उनमें कोई हलचल नहीं। महिला की साँस किसी तरह चल रही थी।

जिसने ज़ंजीर खींची थी वह ज़ोर-ज़ोर से चिल्ला रहा था, 'इन्हें नीचे उतारो।' वक़्त बहुत कम है। सब लोग मिलकर उतारेंगे। पुलिस वालों पर उसने हिकारत भरी नज़र घुमाई और बड़बड़ाता रहा, 'इस उम्र में अकेले भेजते ही क्यों हैं?' महिला के पेट से ऊपर लगे ऑपरेशन के टाँके की ओर इशारा कर वह ज़ोर से चिल्लाया, 'शायद हार्ट अटैक है। इनका ऑपरेशन हुआ लगता है।' वह रेलवे पर, पुलिस पर, व्यवस्था पर खीझ रहा था। सब लोग उसकी बात को सही पा रहे थे। भीड़ देख रही थी। ट्रेन रुकी थी। पुलिस थमी थी। वह सफ़ेद कपड़ों वाला भीड़ के पीछे खड़े होकर महिला को निहार रहा था। इतने निरपेक्ष भाव से कि मुझे क्या लेना-देना...!

सहयात्रियों ने उस महिला को नीचे उतारना चाहा, मुश्किल से। एक यात्रा 108 फ़ोन नम्बर पर लगातार कोशिश करता रहा। इस बीच उस महिला के हाथ के मोबाइल, जो नीचे गिर गया था, के अन्तिमनम्बर पर फ़ोन मिलाया गया। वह महिला के बेटे का नम्बर था। पता चला कि वह स्टेशन आ रहा है। साथ ही, उसका एक दोस्त इसी ट्रेन के किसी और डिब्बे में बैठा है। उसे भी उसने फ़ोन कर दिया था। वह महिला के बारे में बता रहा था–हार्ट के ऑपरेशन को लेकर।

जिसने चेन खींची थी वह डाँटते हुए बोला, 'अरे इस उम्र में अकेले क्यों भेजते हैं...ध्यान नहीं रखते। सबको अपना काम है। माँ-बाप को सँभालना उनके काम का हिस्सा नहीं है। बस घर से रिक्शा में बिठाया और ड्यूटी ख़त्म!'

बेटे का दोस्त चुपचाप सुन रहा था। उसकी आँखें भर आयी थीं। वह भी उस महिला को ट्रेन से उतारने में मदद कर रहा था।

किसी तरह महिला को छह-सात लोगों ने नीचे उतारा। उसका सामान–मोबाइल, महिला के दोस्त के हवाले किया। फिर, सब लोग अपनी-अपनी सीट पर बैठने लगे। ट्रेन चल पड़ी। ज़ंजीर खींचने वाला अब भी ज़ोर-ज़ोर से चीख रहा था, 'माँ-बाप को अकेले छोड़ते हुए शर्म नहीं आती इन लोगों को...।'

'ये कभी बूढ़े और मजबूर नहीं होंगे...'

'अरे बच्चे को अपने स्कूल छोड़ते समय कैसे टुकुर-टुकुर ताकते रहते हैं? दरवाज़े से हटने का मन नहीं होता...जब तक टीचर जाने के लिए नहीं कहते...।'

'इतनी उम्र की माँ को घर से विदा कर दिया...पता नहीं, वह अपने आप ही सुबह निपटाकर आयी होगी...!'

'देर हो गयी होगी...गाड़ी छूटने के डर से विचलित हो गयी होगी...!'

'उसके शरीर के ऑपरेशन के निशान बहुत पुराने नहीं हैं...कम से कम इसका ख़याल तो रखना चाहिए था...!'

'अपनी सन्तान की चिन्ता करते हैं और सन्तान होने का कर्म नहीं मालूम...ये साले कभी बूढ़े नहीं होंगे...!'

उसका यह एकालाप निरन्तर चलता रहा। सब लोग उसकी बात से मौन सहमत थे। सब स्थिति समझ रहे थे। सामने ट्रेन में एक पोस्टर भी लगा था, 'माँ चार बेटों को अपने छोटे-से घर में पाल-पोस लेती है, पर चार बेटों के घरों में माँ के लिए कोई जगह नहीं बचती...!' उस चित्र को देखकर वह और अधिक ऊँचे स्वर में निरन्तर बोल रहा था। वह बूढ़ा नहीं था, जो इस तरह की तरफ़दारी के लिए अपनी भड़ास निकाल रहा हो। वह मन से सब कुछ कह रहा था। इसलिए सब उससे सहमत लग रहे थे।

इस आपाधापी में वह सफ़ेद वस्त्रधारी चुपचाप उस महिला की 29 नम्बर की सीट पर बैठ गया था। उसे कुछ सुनाई नहीं दे रहा था। वह अपने अख़बार में पूर्ववत् खो गया था।

मोबाइल, अमृता शेरगिल और रूमाल

वह बड़े ग़ौर से एक-एक पेंटिंग देख रही थी। कुछ पेंटिंग्स के सामने वह ठहरकर स्वयं ही इधर-उधर खिसककर अलग-अलग कोणों से एक ही पेंटिंग को निहारती रहती–एकटक। दूसरे दर्शकों को वह दार्शनिक, चिंतक या चित्रकार ही लगती। उसकी भाव-मुद्रा किसी पेंटिंग से कम नहीं थी। कई लोग तो उसे ही देखते रह जाते। अधेड़ हो चली वह बहुत करीने के बालों को सँवारे हुए थी। चेहरा बहुत सन्तुलित, देह भी नाप-तौलकर, आँखें बड़ी-बड़ी, मुख-मुद्रा अत्यन्त संवेदनशील। लगता वह चित्रों से संवाद कर रही है। जहाँगीर आर्ट गैलरी की लकड़ी की फ़र्श पर वह इस तरह क़दम रखती कि कोई आवाज़ न उभरे। नीरव शाँति। वह एकाग्र। सचमुच, वह इन पेंटिंग्स का भरपूर रस ग्रहण कर रही थी। उसके हाव-भाव, उसका पहनावा किसी भद्र व सम्पन्न घर का परिचय करवा रहे थे। सुरुचि-सम्पन्नता उसकी अपनी पूँजी लगी। आर्ट गैलरी से बाहर निकलते हुए वहाँ के बुक स्टाल से उसने 'अमृता शेरगिल' पर केन्द्रित पुस्तक ख़रीदी। पर्स खोला कार्ड के लिए। कार्ड से पहले उसे मोबाइल का ध्यान आया। स्थितियों पर भीतर से नियन्त्रण करते हुए उसे किसी तरह भुगतान किया। पास ही रखी कुर्सी पर बैठ गयी। उसे शेरगिल की पुस्तक पलटनी थी, कुछ थकी थी, सुस्ताना चाहती थी; पर मोबाइल...उसके सामने ही तख़्ती लगी थी, 'शान्त रहें। मोबाइल ऑफ़ रखें' बस वह अपने आप पर झुँझला उठी, 'मोबाइल!' पर्स उलटा-पलटा। पर्स की सारी वस्तुएँ बाहर, किसी खाने में मोबाइल नहीं। शायद नीचे रखे थैलों में रह गया हो। कुछ कपड़े और रोज़मर्रा की चीज़ों वाले थैले 'सिक्योरिटी' के पास ज़मा थे। वह धड़ाधड़ नीचे उतर रही थी...किसी ने कहा भी 'मैडम सँभाल के...' पर वह

एक साँस में नीचे आ गयी। सारे थैले उलट लिए; कहीं मोबाइल नहीं। काटो तो ख़ून नहीं। हमेशा हाथ में या पर्स में रहने वाला मोबाइल कहीं नहीं...क्या करे। काँपने लगी वह। सम्पन्न और बड़े घर की लगने वाली इस महिला की यह हालत देखकर गार्ड ने पूछा, 'तबीयत तो ठीक है? क्या हुआ?'

गार्ड की आवाज़ उसका ध्यान नहीं खींच सकी। वह सामान्य स्त्री की तरह नीचे बैठ गयी और बड़ी बेचैनी से मोबाइल ढूँढ़ने लगी।

गार्ड ने फिर वही सवाल किया...।

'मोबाइल...' बस इतना ही कह पाई थी। गार्ड को लगा अब यह रो पड़ेगी। ठीक से आवाज़ भी नहीं निकल रही थी...बड़बड़ा रही थी, वह। उसे कुछ नहीं सूझ रहा था।

गार्ड की ओर देखकर कह पाई...'मेरा मोबाइल!' हाथों की हरकतों ने गुम होने की घोषणा की। गार्ड को उसकी आँखों में विवशता, अफ़सोस और भयंकर दुख दिखाई दिया। उसने सामान फिर थैले में रखने में मदद की और बोला, 'अपने मोबाइल पर रिंग दीजिए न...।' महिला अचकचाई और लाचार नज़रों के गार्ड को देखा।

गार्ड ने कहा नम्बर बताइए।

उसने नम्बर बताया। गार्ड ने लगाया। पर आवाज़ आयी, 'जिस नम्बर से आप सम्पर्क करना चाहते हैं, वो अभी व्यस्त है। कृपया कुछ देर बाद डायल करें...।' वह कुछ आश्वस्त हुई। उसकी आँखें कुछ शाँत हुईं। गार्ड की सहानुभूति के लिए आँखें आदर-भाव से भर उठीं। बिना कुछ कहे गार्ड ने फिर 'रिडायल' किया। अब आवाज़ आयी, 'जिस नम्बर पर आप फ़ोन कर रहे हैं, वह अभी बन्द है, या सम्पर्क क्षेत्र से बाहर है...' आवाज़ सुनते ही वह फिर बेचैन हो उठी। लगा वह गिर जायेगी। गार्ड ने अपनी कुर्सी दी और बैठने का कहा। फिर बोला, 'पाँच मिनट में फिर कोशिश करेंगे। आप शाँत रहें। मिल जायेगा...।'

वह अपलक उन सीढ़ियों को देखे जा रही थी, ज्यों वहाँ कोई बैठा हो। गार्ड को लगा वह सामान्य होने की कोशिश कर रही है। वह भलमनसाहत में पूछ बैठा,

'पानी दूँ मैडम?'

उसने इनकार में सिर हिलाया। उसे याद आया, उसके थैले में पानी की बोतल है। उसने दो घूँट पानी पी लिया। उठ खड़ी हुई। 'कैसे गुम हो गया...?' वह बुदबुदा रही थी। उठते ही 'हूँ...हूँ...' 'हा ऽ हा ऽ ऽ' करते हुए वह उठ खड़ी हुई। उसकी आँखों में वही बेचैनी, खौफ़, याद करने की ज़बरदस्त कोशिश...पता नहीं क्या सोचकर वह तेज़ क़दमों से जहाँगीर आर्ट गैलरी से बाहर थी। ये ऐसा चौक है, जहाँ से छह सड़कें निकलती हैं। गाड़ियों को रेला, ट्रैफ़िक-सिग्नल और उसकी बेसब्री। वह सड़क तेज़ी से पार करना चाहती है। क़दम उठाने की सोचती ही रह जाती, कोई कार पूरी गति के सर्र से गुज़र जाती। उसकी एक आँख सिग्नल पर और दूसरी सर्र से आ रही कार पर। वह अपना क़दम पीछे खींच लेती। दोनों हाथों में थैले और कंधे पर पर्स टँगी थी, अन्यथा वह अपने गुम हुए मोबाइल के अफ़सोस में अपने बाल नोच लेती। लेकिन वह बड़बड़ा रही थी। साथ में, सड़क क्रॉस करने वाले उसे देख रहे थे और कुछ असामान्य होने का अन्दाज़ लगाते कहते, 'वेट मैडम, वेट...' और वह बड़बड़ाती जाती...कुछ भी स्पष्ट न होता। राहगीर ने पूछ ही लिया।

'मैडम, थोड़ा रुकें...सिग्नल होने ही वाला है। क्या हो गया है, आपकी तबीयत तो ठीक है न?'

बिना उस शख्स की ओर देखे, बड़बड़ाते हुए ही 'आइ लॉस्ट माय मोबाइल...'

'कहाँ?'

'किसी दूकान में...।' तब तक सिग्नल खुल गया। एक सड़क पार करते ही दूसरा सिग्नल चालू...।

वह फिर लगभग चिल्लाने लगी। अपनी ही जगह पर पैर पटकने लगी। गाड़ियाँ रुकने की राह देखती। इस बार उसकी निगाह सिग्नल पर न होती... गाड़ियों पर होती। लगा वह निकल जायेगी...दूर से एक तेज़ कार आती दिखाई दी उसे। पता नहीं कैसे, वह पूरी तेज़ी से सड़क पार कर गयी। लेकिन, फुटपाथ पर धड़ाम से गिर गयी। शायद ठोकर लगी थी उसे। मुँह के बल गिरी थी। चश्मा टूट गया। नाक से ख़ून की धार बह निकली। चश्मे के फ्रेम का एक टुकड़ा आँख के पास गहरी चोट कर गया। पीछे से आ रहे राहगीर ने थैले से बिखरा सामान थैले में डाला और पूछा,

‘आर यू ऑल राइट...?’

उसने सिर उठाकर देखा, अपने ही ख़ून को देखकर उसे चक्कर आ गया और कहने से पहले ही वह फिर गिर पड़ी।

भगदड़। डॉक्टर की पूछताछ। टैक्सी। अनजानों की मुम्बई जैसे महानगर में मदद। वह बेहोश। चोट के कारण, सदमा, मोबाइल खोने का झटका या और कुछ—पता नहीं। धड़कन बढ़ी हुई। आँखों में छटपटाहट, होंठों पर बुदबुदाहट, ‘मेरा मोबाइल...’

पास के ही क्लिनिक में उसे ले गये। फर्स्ट-एड हुआ। ख़ून बहना बन्द हुआ...डॉक्टर ने बताया, ‘शॉक में हैं, थोड़ी देर में सब ठीक हो जायेगा।’ एक इंजेक्शन दिया गया और सलाइन चढ़ाया गया। वह आँखें खोलती और मूँद लेती।

मुँदी आँखों में वह मुस्कराती, पर पल भर के लिए। फिर जैसे थे। उसे लगा वह जहाँगीर आर्ट गैलरी की सीढ़ियों पर बैठी है। पच्चीस-तीस साल पहले...

आलोक बनर्जी...हाँ आलोक के साथ। के. सी. कॉलेज के निकल कर आम तौर पर युनिवर्सिटी का मैदान पैदल पार करते हुए आलोक उसे दुनिया-जहान की बातें सुनाता। आलोक बड़ा पढ़ाकू था। वह कॉलेज-युनिवर्सिटी की लाइब्रेरी में घण्टों बैठा रहता। वैसे था वह साइंस का, पर उसे काफ़ी विषयों में दिलचस्पी थी। वह चित्रकार बनना चाहता था। कभी राजा रवि वर्मा, कभी एम.एफ. हुसैन, कभी भगत तो कभी सूज़ा या रामकुमार की कला और उनके जीवन के बारे में वह चर्चा करता। सबसे ज़्यादा बातें उसने अमृता शेरगिल और पिकासो की, की। फिर दोनों जहाँगीर आर्ट गैलरी जाते और लौटकर घण्टों सीढ़ियों पर बैठा करते। बातें करते। ज़्यादातर आलोक ही बातें करता। वह आलोक को निरन्तर सुनती रहती...पर उनका साथ कभी छूटा नहीं।

वह पढ़ाई में बहुत पीछे नहीं थी, पर आलोक बनर्जी बहुत आगे था। उसके सपने बड़े थे, वह दूर की सोचता था। उसके लिए इतना ही काफ़ी थी कि आलोक उसके साथ है। दोनों मित्र थे। एक-दूसरे का सम्मान करते थे। प्यार था या नहीं, दोनों को पता नहीं था, पर आकर्षण तो दोनों को था, विशेषकर आलोक के व्यवहार में यह झलकता था, जिसे वह भीतर से महसूस

करती थी। दोनों जहाँगीर आर्ट गैलरी की सीढ़ियों से निकलकर रीगल सिनेमा के सामने से अपनी-अपनी बसें लेकर घर की ओर चल पड़ते। आलोक गिरगाँव में रहता था और वह कोलाबा में। सुबह कॉलेज में ही मिला करते।

आलोक बनर्जी को इंग्लैंड की एक फेलोशिप मिली और वह मुम्बई में ही अगली पढ़ाई करती रही। दिन बीतते गये। आलोक को वहीं नौकरी मिल गयी। धीरे-धीरे उसका सम्पर्क जाता रहा। इधर इसकी भी शादी हो गयी और वह अपनी घर-गृहस्थी में रम गयी। शुरू में, एक निजी कम्पनी में काम भी किया। पर बेटे के जन्म के बाद उसने नौकरी छोड़ दी। घर-परिवार, पति और बेटा; इसी में उसकी दुनिया सिमटकर रह गयी। पर जब भी वह अकेली होती उसे जहाँगीर आर्ट गैलरी ज़रूर याद आती, पर अकेली कभी गयी नहीं। हाँ, आलोक बनर्जी की विदाई पर उसने आलोक को एक रूमाल गिफ्ट पैक करके दिया था। यह आखिरी दिन था जहाँगीर आर्ट गैलरी की सीढ़ियों पर...। खोलकर देख लूँ? आलोक ने पूछा था। भारी मन पर मुस्कान ओढ़ते हुए आँखों से ही उसने सहमति जताई। पैकेट में से एक बड़ा-सा रूमाल निकला–सफ़ेद रंग का। बहुत सुन्दर और लुभावना कपड़ा...उस पर कोने में पीले रंग का अधखिला गुलाब रेशमी धागे से उकेरा गया था। उसे छूते हुए आलोक बनर्जी ने उसे देखा। 'मैंने खुद इसकी कढ़ाई की है।' उसने आँखें झुका ली और आलोक उस गुलाब पर हाथ फेरता रहा। पता नहीं कब तक। स्ट्रीट लाइट जगमगा उठी थी। सिग्नल खिल उठे थे।

आज दोनों को घर निकलने में देर हो गयी थी।

आलोक बनर्जी ने उसे बस तक छोड़ा और अदृश्य होने तक हाथ लहराता रहा...

...क्लिनिक में उसका हाथ भी उठा। आसपास लोग खड़े लोग ख़ुश थे। वह होश में आ गयी। डॉक्टर आए, 'सब ठीक है, चिन्ता को कोई बात नहीं... आप घर ले जा सकते हैं।'

उसने बेटे का हाथ थाम लिया।

बेटा बोला, 'क्या हुआ, विस्तार से घर में बात करेंगे...'

'अरे बेटा, मोबाइल...उसमें सब कुछ था। मेरे बैंक की जानकारी। मेरे लॉकर का नम्बर। मोबाइल बैंकिंग और न जाने क्या-क्या...मैं तो अपाहिज हो गयी, जैसे मेरे हाथ ही कट गये।'

'कोई बात नहीं मम्मी...सब मिल जायेगा। मैं आज ही वही मॉडल ले आऊँगा। उससे पहले तुम जहाँ-जहाँ गयी थीं, वहाँ खोजने की कोशिश करेंगे। वो तो अच्छा हुआ, तुम्हें ज़्यादा चोट नहीं आयी। इस तरह भला कोई बेचैन होता है। ज़्यादा लग जाती चोट तो...।' वह माँ को समझा रहा था।

'पर इतने सारे नम्बर...दूसरी जानकारी...बड़ा मुश्किल है बेटा, सब कुछ फिर से जुटाना।' वह कुछ विह्वल हो गयी।

तभी डॉक्टर आये और उन्होंने, एक हफ़्ते के लिए दवाइयों की पर्ची दी, ज़ख्म भर जाने के लिए।

रिसेप्शन पर बेटे ने बिल चुकाया।

कुतूहलवश उसने पूछा, 'माँ को यहाँ कौन लेकर आया?'

रिसेप्शनिस्ट ने बताया, 'कोई साथी राहगीर थे।...यहाँ ले आये और बताया कि ये कैसे गिरीं, मोबाइल के कारण कितनी बेचैन थीं। हड़बड़ी की वजह से यह सब हुआ। पर संकट थोड़े में टल गया...।'

'मम्मी तुम जल्दी मत मचाया करे। मैं हूँ न, जो भी चाहिए मुझे बताओ... आज पापा होते तो तुम्हें बहुत डाँट पड़ती...।' बेटे ने टैक्सी में बैठते ही कहा।

उसने बेटे की ओर देखा। बिल्कुल अपने बाप की तरह दिखता है...मेरा ख़याल भी बहुत रखता है। मन ही मन उसे दुआयें दी।

'अरे बेटा, ज़रा देखो, अमृता शेरगिल वाली किताब है या कहीं गिर गयी।' उसने बेटे से कहा।

बेटे ने देखा और थैले में से निकालकर बोला, 'यही न!'

'हाँ बेटा यही...' कहकर वह चुप हो गयी पर कुछ पूछना चाहती थी। पर इतना ही बुदबुदा पायी–'मोबाइल के नम्बर...।'

'आप चिन्ता न करें। सारे मैं जी-मेल से आपके नये मोबाइल सेट में लोड कर दूँगा।...वैसे आपको घर छोड़कर मैं उन सभी दुकानों पर जाऊँगा, जहाँ आपने शॉपिंग की है। आप मुझे सब के बिल दे दीजिए...हो सकता है आपका मोबाइल ड्राई हो गया हो इसलिए कोई रिस्पान्स नहीं हो रहा...आजकल बड़े दुकानदार गुम हुए मोबाइल सँभालकर रखते हैं। सबके पास अपने मोबाइल हैं, नौकरों के पास भी...' बेटा माँ को आश्वस्त कर रहा था।

उसने मन की शंका फिर उठायी, 'पर सारी जानकारी तो उसी में थी बेटा...।'

सब मिल जायेगी।

'व्हाट्सएप भी?'

'व्हाट्सएप, देखना पड़ेगा...पर उसमें तो ऐसा कुछ ख़ास नहीं रहता...'

गहरी साँस लेते हुए उसने 'हाय ऽ ऽ' जैसी कोई आवाज़ निकाली।

बेटे को लगा, चोट कुछ ज़्यादा टीस दे गयी। उसने माँ की ओर देखा। माँ ने आँखें मूँद ली थीं।

कैसे बताए बेटे को कि कल ही तीस साल के बाद आलोक बनर्जी का व्हाट्स-अप पर ताज़ा फ़ोटो आया था और उस रूमाल का फ़ोटो भी भेजा था, जो विदाई के समय उसने भेंट दी थी।...कितनी बार देखती रही थी–आलोक को और उस रूमाल को...इतनी बार कि सेव करने का भान ही नहीं रहा... कहाँ खोजूँगी आलोक को, यदि मोबाइल नहीं मिला और पता नहीं वह व्हाट्स-अप पर फिर कुछ भेजे या नहीं... मेरे पास तो अब उसका नम्बर भी नहीं। एक दुखद कराह भीतर से उठी।

बेटे ने कहा, 'बस घर पहुँचने ही वाले हैं।'

उसकी आँखें घर के मोड़ पर खुलती-मुँदती रहीं...।

पार्टी

उस दिन सारे रिश्तेदार, मित्र, साथी व्यापारी प्रवीण भाई मेहता की घोषणा से चौंक गये। प्रवीण भाई ने अपने बेटे विजय के नये कारोबार के शुभारम्भ पर दी गयी पार्टी में यह घोषणा की। यह कार्यक्रम अहमदाबाद में न होकर मुम्बई में हुआ। वैसे प्रवीण भाई के सारे व्यापारिक कार्यक्रम अहमदाबाद में ही होते रहे हैं। अहमदाबाद की मशहूर कपड़ा मिलें उनकी हैं। अरबों का कारोबार। अब तो बेटा भी कारोबार में उतर आया है। उसने पूरे हिन्दुस्तान में 'स्टार माल' नामक नया व्यवसाय शुरू किया। प्रेस के भरपूर लोग आए। टी.वी. और अख़बार वालों का जमघट था। अब होटल ताज की सुरक्षा बढ़ा दी गयी है। पर होटल ताज की शान में कोई कमी नहीं। चमचमाती कारें, कड़क इस्त्री के सफ़ेद लिबास में शोफ़र, मेन गेट पर छह फुटे गार्ड का तपाक से 'ऑनर सेल्यूट', भीतर सजी-सँवरी सुन्दरियों द्वारा स्वागत, सब कुछ 'सेवन स्टार'। फिर 'स्टार माल' के चेन की घोषणा प्रवीण भाई को करनी थी। यह जिम्मा प्रवीण भाई ने अपने बेटे को सौंप दिया।

बिल्कुल छोटा-सा भाषण। सभी पत्रकारों को छपी सामग्री, सी.डी. और पेन ड्राइव। लिखने की कोई ज़रूरत नहीं। सब कुछ रेडीमेड। कॉकटेल पार्टी शुरू हुई। अभी सुरूर की ठीक से शुरुआत् भी नहीं हुई थी कि एक महिला अनाउंसर ने 'एक्सक्यूज़ मी' कहा। महिला की आवाज़ सुनते ही आगंतुकों ने दूसरा पैग उठा लिया। महिला की आवाज़ गिलास में लहरें बो गयी...'एक ज़रूरी घोषणा...आप सबके लिए।' होठों तक पहुँचते गिलास हाथों में ठहर गये। बातें बन्द हो गई। एक सतर्क चुप्पी। सब छोटे से मंचनुमा स्थान की ओर देखने लगे। प्रवीण भाई के हाथ में कॉर्डलेस माइक और उनकी आवाज़

उभरी-'फ्रेंड्स...एक ज़रूरी अनाउंसमेंट!'...जो पत्रकार निकलने के मूड में थे, उन्होंने एक घूँट में अपने को एकाग्र कर लिया।...कोई ख़ास घोषणा लगती है। कल के लिए रोचक रिपोर्ट...'अब मैं अपने कारोबार के सारे सूत्र बेटे विजय को सौंपता हूँ।' उन्होंने काग़ज़ात की फाइल लहराई और कहा, 'आज के बाद सारा कारोबार, सम्पत्ति, व्यापार, सब...सब विजय के नाम...मैं पूरी तरह अलग, निवृत्त...।' प्रवीण भाई ने बेटे को गले लगा लिया। विजय हतप्रभ। उसे कोई भनक तक नहीं थी। प्रवीण भाई का आँखें भर आयीं। गुज़रात और मुम्बई में उनके कारोबार की धाक थी। बेटा स्तब्ध! क्या करे, क्या कहे... पर सारे आगंतुक फिर आपसी बातों में डूब गये। अब चर्चा प्रवीण-विजय पर केन्द्रित हो गयी। कयास और अन्दाज़। प्रवीण भाई के हमउम्र प्रवीण भाई तक पहुँचे। कइयों के लिए रहस्य, कइयों ने मान लिया कि प्रवीण भाई जैसा भला आदमी उस उम्र में ऐसा ही कर सकता है। कई पत्रकार अपना गिफ्ट लेकर चलते बने। प्रवीण भाई की ओर से यह आख़िरी गिफ्ट है, काफ़ी महँगा होगा। ...कल 'आँखों देखा हाल' में ज़बरदस्त स्टोरी होगी...!

पत्नी के निधन के बाद प्रवीण भाई बहुत एकाकी अनुभव करने लगे थे। फिर विजय ने कारोबार को शानदार ढंग के आगे बढ़ाया था। नयी दुनिया के लिए विजय की नयी कल्पनाएँ सटीक बैठतीं। वैसे प्रवीण भाई सोचते रहते कि सत्तर-बहत्तर की उम्र में कारोबार से हट जाना चाहिए। फिर उनकी कई शिक्षा-संस्थाएँ थीं, अस्पताल थे, चैरिटी संस्थाएँ थीं उधर ध्यान देने का मन उन्होंने पहले से ही बना लिया था। इसका कारण थी पत्नी; उन्हें इन सब कामों में बहुत रुचि थी। प्रवीण भाई ने पत्नी की समाज-सेवा के मिशन के लिए अच्छी-ख़ासी पूँजी अलग कर रखी थी। पत्नी के अचानक चले जाने पर एक विरक्ति उनके व्यक्तित्व को झकझोरती रही। परिणाम, विजय को सब कुछ सौंपकर वे अलग हो गये।

अब प्रवीण भाई अपनी यात्राओं के लिए निजी विमान की जगह सामान्य विमान में, सामान्य श्रेणी में यात्रा करते हैं। अब ताज में नहीं रुकते, जबकि मुम्बई में उनका सबसे पसन्दीदा होटल ताज ही रहा है। वे अब ताज के पीछे 'सुबा पैलेस' में रुकते हैं। कोई अफ़सोस नहीं, ख़ुशी-ख़ुशी। विजय उनका पूरा ख़याल रखता है। वह हमेशा कहता–'आप अपना सब कुछ पहले जैसा

ही रखें...' लेकिन प्रवीण भाई का अपना अन्दाज़ था। वह पिता की सुविधाओं का पूरा ख़याल रखता, साथ ही किफ़ायत करने के उनके स्वभाव के कभी आड़े न आता। पिछले दो वर्षों से प्रवीण भाई सुबा पैलेस में रुकते हैं। मैनेजर से छोटे-छोटे कर्मचारी, लिफ़्टमैन सब-सब उन्हें जानते और मानते हैं। उन्होंने किफायत ज़रूर अपनायी है, पर होटल के कर्मचारी से यदि चाय भी मँगवाई है तो उसे सौ के नोट के साथ ही लौटाया है। सबके मन में उनके बारे में आदर है, श्रद्धा है और उनका काम करने का उत्साह है।

अब भी वे अक्सर मुम्बई आते हैं। उनकी पत्नी के नाम पर एक अस्पताल बना है। वहाँ की व्यवस्था का ध्यान विजय तो रखता ही है, पर यहाँ आकर प्रवीण भाई को अजीब-सा सुकून मिलता। दुनिया में कितना दुख है...कई लोगों को अपना दुख दूर करने के लिए साधन नहीं, पैसा नहीं, तो इलाज़ नहीं...ऐसे लोगों के लिए कुछ बेड अलग से रखे गये हैं, डॉक्टरों को सलाह है कि उनका विशेष ध्यान रखा जाये। कहीं प्रवीण भाई देखते हैं कि पैसा है, साधन है; पर पीड़ा से मुक्ति नहीं, वे द्रवित होते हैं...कुछ देर अस्पताल में रुकते हैं और बाहर मुख्य द्वार पर पत्नी की तस्वीर के सामने क्षण भर स्तब्ध खड़े रहते हैं। पता नहीं क्या संवाद करते हैं। फिर अस्पताल की बिल्डिंग की ओर सामने खड़े होकर देखते हैं कि पत्नी के नाम अस्पताल के बोर्ड का कोई अक्षर धूमिल तो नहीं हुआ...!

आज वे मुम्बई में हैं। उनके पुराने दोस्त के बेटे की नयी कम्पनी के शुभारम्भ पर। पता नहीं उन्हें क्या सूझी दो दिन पहले आ गये। इस बार न वे अस्तपाल गये और न ही अपने नये बने इंजीनियरिंग कॉलेज...यह कॉलेज भी पत्नी के नाम पर शुरू किया है। अभी भी भवन-निर्माण का काम चल ही रहा है...पर नहीं गये वे वहाँ। यह नहीं कि किसी निराशा, उदासी ने उन्हें रोक रखा। वे आज कुछ गुमसुम ही रहे। होटल में पहुँचे। हमेशा की तरह वहाँ आत्मीय स्वागत हुआ। मनपसन्द दाल-खिचड़ी खाई और अचानक उन्हें नींद आ गयी। आम तौर पर वे दिन में सोते नहीं...पर आज क्या बात है। न टी.वी. खोला न किसी से बात की फ़ोन पर!

प्रवीण भाई का मोबाइल अचानक घनघना उठा। वे उनींदे ही थे। चौंककर देखा तो उनके पुराने दोस्त ओम प्रकाश की बहू का फ़ोन था—शर्मिला का!

य़शराज की पत्नी का...पल भर हिचकिचाए और फ़ोन ऑन किया...'अंकल प्रणाम!...कैसे हैं...मुझे आपसे मिलना है...कहाँ रुके हैं?'

एक साथ कितने सवाल।

क्या बात है?

इस तरह कभी मुलाकात का कोई कारण नहीं था।

इस होटल में...

क्या सोचेंगी...और व्यवस्था...

शहर के धनाढ्य घर की बहू...?!

प्रवीण भाई के मन में भी कितने सवाल!

बेचैनी जब भीतर हो तो बाहर सवाल ही सवाल...

यह बात प्रवीण भाई का अनुभव जता रहा था। कहाँ रुके हैं, यह सवाल उन्हें घेर रहा था। उन्होंने धीरे से एक सवाल किया आज डिनर पर होटल ताज में मिलें?

'ज़रूर...कितने बजे?'

'यही कोई साढ़े सात बजे के आसपास...।'

'ठीक है, डन...अंकल विजय-बच्चे कैसे हैं?'

'ठीक हैं...।' प्रवीण भाई सोचने लगे समय तय हो जाने के बाद घर-परिवार की सुध आयी। क्या बात हो सकती है। क्या है...जो इतनी बेचैनी का सबब है...व्यापार तो बढ़ रहा है, इसलिए नये-नये यूनिट खुल रहे हैं। पार्टनरशिप तो है नहीं कहीं जिससे बखेड़ा हो...घर-परिवार संयुक्त है नहीं, जिससे रिश्ते में खटास हो...तो है क्या? क्या सोचने लग गये प्रवीण अंकल... जो भी होगा, बात करेंगे...कितना अन्दाज़ बाँधेंगे...पूछा भी क्या विषय है... बस इतना कहा मिलकर बात करेंगे।

साढ़े पाँच बज रहे थे। फरवरी का पहला हफ़्ता था। ख़ुशनुमा मौसम मुम्बई का। नीचे उतरे। ड्राइवर भागता आया। उसे संकेत से ही मना किया और पैदल ही निकल पड़े। अब उनके बायें पैर में कुछ दर्द होता है। पर उसे अनसुना कर वे चुपचाप चल पड़े, गेट वे ऑफ इंडिया की ओर। आज उन्हें चिन्ता नहीं थी, कोई उन्हें देखेगा। पहचानेगा। इतना बड़ा व्यापारी पैदल!

उन्होंने गेट वे ऑफ इंडिया की कुछ दूरी पर ही पुलिस का बैरिकेड पार किया, मेटल डिक्टेटर से। जब से ताज पर आतंकवादी हमला हुआ है, ये सारी सुरक्षा व्यवस्था की गयी है। शाम की चहल-पहल। दूर-दूर से लोग आते हैं यहाँ। फ़ोटो खिंचवाने और खींचनेवालों की रेलम-पेल। नये जोड़ों के पुराने पोज, बच्चों के साथ आया परिवार-पिकनिक का आनन्द...कबूतरों का जत्था और गेट वे ऑफ़ इंडिया पर खुदे अंग्रेज़ों के नाम, सामने अपने पुराने गौरव की शान में खड़ा ताज, भीतर उसके गहरे ज़ख्म, सब एकबारगी प्रवीण भाई को छू गये। वे समन्दर की जगत पर बैठे-बैठे बाहर की भीड़ से भागकर अपनी भीतर भीड़ में घिर गये।

इस ताज में कितनी ही बार रुके। पर समुद्र को इस तरह कभी नहीं देख पाये। दिन-रात बिजनेस, मीटिंगें और न जाने क्या-क्या। कई बार पत्नी भी साथ होतीं। अब जब यहाँ नहीं हैं, तो सटकर बैठी है, इस जगत् पर...आज प्रवीण भाई बहुत निरपेक्ष और अलग मन लिए यहाँ बैठे हैं। ताज को बाहर से इतने ग़ौर से कभी नहीं देखा था उन्होंने। आतंक के निशान एक कोने पर साफ़ दिखाई दे रहे थे। बेकसूर लोगों की चीखें उन्हें सुनाई दे रही थीं। फिर पता नहीं कैसे वे जन्म-मृत्यु के फेरे में पड़ गये। इस पड़ाव पर उम्र के, मृत्यु का किनारा कभी न कभी झकझोरता ही है। कहते हैं मृत्यु तो तय होती है, वह बहाना ढूँढ़ती है। कभी बीमारी, कभी दुर्घटना...पर यह आतंक और मृत्यु का दर्शन...वे अपने आपसे झुँझला उठते और समुद्र की लहरों को सुनते रहते। दूर तैर रहे जहाजों को निहारते। सूरज डूबने को है। शाम उतर रही है धीरे-धीरे। उन्होंने घड़ी देखी–सवा छह।

साढ़े सात बजे शर्मिला को डिनर के लिए बुलाया है। उससे पहले उन्हें तयशुदा जगह पर पहुँच जाना चाहिए। यह उनकी पुरानी आदत थी और अब तक वे इस नियम पर कायम थे।

अभी साढ़े सात बजने में पाँच मिनट बाक़ी थे और वे जगजीत सिंह की धीमी-धीमी रेशमी आवाज़ में खोये ही थे कि शर्मिला सामने खड़ी दिखी। शर्मिला को देखे अरसा हो गया था, पर वह आज भी उतनी ही छरहरी, चेहरे पर गरिमा और मुस्कान लिए हाथ जोड़कर उपस्थित...तनिक भी इन्तज़ार नहीं करवाया। कोई ख़ास बात ज़रूर है। वे उठ खड़े हुए। शर्मिला ने पैर छुए। यह

भी नहीं देखा कि आसपास कोई देख रहा है। प्रवीण भाई ने मन से शुभकामना दी। बेयरे को रुकने का इशारा किया। बच्चों का हालचाल पूछा, यशराज का भी। दो बच्चों के बावजूद शर्मिला की तबीयत पहले जैसी। पर जैसे ही यशराज के बारे में पूछा, उसकी मुस्कान जम गयी। वह कुछ कठोर-सी लगी। आँखें कुछ तन गयी। माथा कुछ-कुछ चढ़ गया और उसकी आवाज़ में वह मधुरता कहीं छितरा गयी थी। आज की मुलाक़ात का कुछ-कुछ आगाज़ प्रवीण भाई को हो चला था।

सूप आने तक इधर-उधर की बातें होती रहीं। फिर प्रवीण भाई ने विषय शुरू किया। शर्मिला ने तपाक के बात थाम ली, ज्यों वह इन्तज़ार ही कर रही थी।

'अंकल, अब आपसे मैं कैसे बात करूँ...बड़ी एम्बेरेसिंग सिचुएशन है...।' प्रवीण भाई कुछ चौंके यह सुनकर। पता नहीं कौन-सी बात परोसी जायेगी...।

'क्या बात है कहो। ओम प्रकाश मेरे बहुत पुराने दोस्त रहे। अब यदि वे होते और तुम्हारी बात सुनते, बिल्कुल मुझे वैसा ही समझो...क्या बिज़नेस में कोई प्रॉब्लम है?'

'नहीं ये बात नहीं...पर पापा वाली बात आपने कही तो शायद मैं यह बात पापा से भी न कह पाती...।'

'ऐसी क्या बात है बेटा....?'

'मैं कई दिनों से बहुत असमंजस में हूँ। मैंने अपनी माँ से तो किसी तरह कहा, पर मैं उन्हें ठीक तरह समझा नहीं सकी...वे मेरी बात पर सहमत नहीं हो पायी...।'

'क्या बात है, खुलकर कहो...निःसंकोच।' प्रवीण भाई की आवाज़ में समस्या को समाप्त करने का आश्वासन लग रहा था।

'मैं यश से डायवोर्स लेना चाहती हूँ....।' एक झटके में कह डाला और नीचे देखने लगी। फिर नज़रें उठाईं प्रवीण भाई की ओर, यह जानने के लिए कि उन्होंने इस बात को किस तरह लिया।

प्रवीण भाई भौचक! कई सवाल एकबारगी घूम गये। क्यों? ऐसा क्यों हुआ? जैसे सवाल प्रवीण भाई के मन में उठ रहे थे। वे बोल ही पड़े,

'ऐसा क्या हो गया कि इतना बड़ा क़दम तुमने सोच लिया?' धीरे से प्रवीण भाई बोले।

'कैसे बताऊँ अंकल...।'

'बताओ...उसी के लिए तो हम मिले हैं!'

'...' केवल प्रवीण भाई को देखती रही शर्मिला।

'तुम्हारा ध्यान नहीं रखता...?'

शर्मिला चुप। नज़रें नीची।

'बिजनेस में कुछ प्रॉब्लम?'

'बिजनेस तो दिनोंदिन बढ़ रहा है। वे अक्सर बाहर रहते हैं। मैं समझ सकती हूँ कि इतने बड़े बिजनेसमैन की पत्नी होने पर मुझे क्या-क्या समझ लेना चाहिए। मैंने अपना सारा ध्यान घर और बच्चों में लगाया। उनके पास घर के लिए समय ही नहीं...।'

'चलो, परसों जब मुलाक़ात होगी मैं शिकायत तो नहीं करूँगा, नहीं तो यश को लगेगा तुमने कुछ कहा है। मैं अपनी तरह से कहूँगा...।' प्रवीण भाई शर्मिला को आश्वस्त कर रहे थे।

'ये बातें तो मैं उनसे कई बार कह चुकी। पर ये बात नहीं...।' शर्मिला रुक गयी। आँखें उठाकर जब प्रवीण भाई को देखा तो शर्मिला की आँखें डबडबा आयीं थीं।

प्रवीण भाई को लगा मामला गम्भीर है। वे जितना आसान और सीधी समझ रहे थे, उतनी सीधी बात है नहीं। पर अब कोई विकल्प देकर पूछें कैसे...और कोई विकल्प दें तो कैसे। वे शान्त भाव से शर्मिला को निहारते रहे। वे शर्मिला को बहुत तो नहीं जानते, पर वह पढ़ी-लिखी है और भद्र खानदान की है। वह कोई ऐसी-वैसी बात नहीं करेगी, इसका उन्हें विश्वास था।

'अंकल वे जब भी बाहर से लौटते हैं तो बिजनेस की कोई बात मुझसे शेयर नहीं करते...। वे हमेशा लड़कियों की बातें करते हैं। थाईलैंड में ऐसी लड़कियाँ हैं, कलकत्ता में, दिल्ली में, बेंगलूर में...ऐसी रिसेप्शनिस्ट हैं, बिजनेस में अब महिलाएँ आयी हैं तो कितनी मज़ेदार बातें करती हैं। कितने मज़े की बातें वे चटकारे ले लेकर सुनाते हैं।...कहते हैं, एंजॉय-लाइफ। एक बार-दो बार, पर अब तो जब भी बाहर जाते हैं यही अनुभव सुनाते हैं...बहुत

एंजॉय किया...मेरी आँखों को वे पढ़ नहीं पाते, उनकी आँखों में अब अक्सर सुरूर रहने लगा है। मेरा हालचाल तो दूर की बात है, बच्चों तक का ध्यान उन्हें नहीं रह पाता।'

'पर इतना बड़ा निर्णय...?'

'दूसरा क्या रास्ता है मेरे लिए। जिस वातावरण में मैं रही हूँ, उसके संस्कार मुझमें यह सब अधिक दिनों तक सहने की इजाज़त नहीं देते। '

'पर इससे तो सारी सुख-सुविधाओं से वंचित होना पड़ेगा?'

'कौन-सी सुख-सुविधा...जब पेट में भयंकर ख़राबी हो तो कितना भी स्वादिष्ट और शानदार भोजन मिले किस काम का...।'

'मुम्बई जैसी जगह में इतना विशाल बंगला, मलबार हिल में, घर में हेलीकॉप्टर, एयरपोर्ट पर अपनी एयरबसें, इतने नौकर-चाकर...। '

'ये सब मिलकर भी मुझे 20 वर्ष पहले का यशराज नहीं दे सकते। यशराज के बदले इन चीजों का मेरे लिए कोई मतलब नहीं है...।'

'कोई और रास्ता भी तो हो सकता है।'

'मैंने तीन साल तक सोचा। मुझे कोई रास्ता नहीं सूझता...इसलिए तो अंकल आपसे बात करने आयी हूँ। मैं जानती हूँ कि आप मेरा या मेरे परिवार का अहित कभी नहीं होने देंगे।' शर्मिला बड़ी उम्मीद से अपने विचार का समर्थन प्रवीण भाई से चाह रही थीं।

प्रवीण भाई समझाने की मुद्रा में कहने लगे कि, 'देखो अपना अधिकार छोड़ना और बात है। तुम्हारे पिता भी कोई छोटे व्यक्ति नहीं हैं। वे भी बड़े बिजनेसमैन हैं तुम्हें किसी बात की कमी नहीं होगी। तुमसे एक बात पूछूँ... तुम्हारे मन में कोई और तो नहीं जिस कारण तुम इस निर्णय तक पहुँच गयीं।'

'कैसी बात कर रहे हैं अंकल। क्या आपको लगता है कि ऐसी-वैसी बात मन में रखकर मैं आपके सामने बैठ पाती थी।' शर्मिला का मन प्रवीण भाई के इस प्रश्न से खट्टा हो गया।

'मेरा मतलब यह नहीं था। मैं तो यह कहूँगा कि तुम भी जताओ यशराज के सामने कि कोई तुम्हारा ब्वॉयफ्रेंड है–भले झूठ-मूठ ही सही। यह नुस्खा आजमाओ देखेंगे क्या होता है। डायवोर्स वाला विचार तो भूल ही जाओ।' प्रवीण भाई की बात के कुछ आयाम शर्मिला को समझ में आ रहे थे!

भोजन समाप्त हुआ। शर्मिला वहाँ से निकल पड़ी। प्रवीण भाई बाहर तक नहीं आये। आधी दूरी से ही उन्होंने शर्मिला को विदा दी। शर्मिला ने बिना किसी की चिन्ता किए प्रवीण भाई के पैर छुए। वह सीधे बाहर आयी और अपनी गाड़ी में बैठ गयी। ड्राइवर से कहा, 'घर चलो!'

दूसरे दिन होटल ताज में ही नये यूनिट की लाँच-पार्टी थी। मुम्बई के प्रतिष्ठित बिजनेसमैन, फ़िल्मी सितारे, मीडिया पर्संस, कुछ मन्त्री, बड़े नौकरशाह इस लाँच-पार्टी आये थे। शर्मिला के माता-पिता उपस्थित थे। प्रवीण भाई तो ख़ास तौर पर इसी के लिए अहमदाबाद से आये थे। वे अब बहुत बारीकी से यशराज की गतिविधियों को देख रहे थे। हालाँकि, यशराज ने हॉल में आते ही प्रवीण भाई के पैर छुए थे। प्रवीण भाई यशराज की आँखों में झाँकना चाहते थे। पर वह बहुत जल्दी में था।

जब औपचारिक कार्यक्रम ख़त्म हुआ और सब जाम टकराने, सूप और जूस में मग्न थे तो शर्मिला की माँ ने देखा प्रवीण भाई अकेले ही बड़े से गोल टेबल पर जूस पी रहे हैं। वे प्रवीण भाई के क़रीब आयीं। बैठीं। परिचय तो था ही। बोलीं, 'कल आपने जो सलाह शर्मिला को दी, यह मैं साल भर से कह रही हूँ। पर मेरी बात उसे नहीं जँची। कल वह आपकी मुलाकात पर ख़ूब बोली। आप पर उसे बहुत भरोसा और श्रद्धा है। चलिए, आपकी बात मान गयी।' सुनकर प्रवीण भाई मुस्करा दिए।

प्रवीण भाई और शर्मिला की माँ यह देखकर सुखद आश्चर्य में थे कि पार्टी में यशराज शर्मिला का हाथ थामे सब लोगों से मिल रहा था। फ़िल्मों की हीरोइनें, युवा महिला पत्रकार, महिला बिजनेसविमन दूर से यह सब देख रही थीं।

अन्तर

इंटरव्यू का पत्र आते ही मैं देर रात तक सो नहीं सका। पता नहीं क्या पूछेंगे। ये देखूँ या वो। ऊहापोह। फिर अचानक धड़कन बढ़ जाती। चार-पाँच बार की असफलता नींद उड़ा जाती। पर 'बी पॉज़िटिव...' पिताजी की आवाज़ गूँज जाती। नींद से पहले ही सपने...नींद कहाँ से आती। सुबह जल्दी उठना भी जो था। सुबह-सुबह पता नहीं कब नींद लग गयी।

आनन-फानन तैयार हुआ। शहर की बस पकड़ी। शहर पास ही था। बैग में सारे सर्टिफिकेट और जनरल नॉलेज की एक पुस्तक। पर पिछली बार के इंटरव्यू में तो जनरल नॉलेज पर कुछ नहीं पूछा था। केवल राजनीति पर और शहर, ज़िले के नेताओं पर। पता नहीं मैंने क्या-क्या कहा था। पर बोर्ड के कुछ लोगों के चेहरों से लगा था कि शायद बात नहीं बनेगी। इस बार मैंने तय किया था कि नेताओं, राजनैतिक पार्टियों के सवालों पर जहाँ तक सम्भव होगा मौन मुस्कान से ही जवाब दूँगा। ...सोचते-सोचते शहर आ गया। सोचता न तो क्या करता। असमय पिता को खोने और परिवार की ज़िम्मेदारी के चलते नौकरी अब मेरे लिए बहुत ज़रूरी थी। पिता मुझे ख़ूब पढ़ाना चाहते थे। वे गाँव के स्कूल में हेडमास्टर थे। उनका बहुत सम्मान था। वे चाहते थे मैं किसी यूनिवर्सिटी में पढ़ाऊँ...मैं उस समय पी.एच.डी. कर रहा था। नियति के एक झटके ने हमारे परिवार की नाव को सुनामी में धकेल दिया। गाँव में परिवार और पिताजी के सम्मान ने मुझे उसी विद्यालय में नौकरी दिलायी। मैंने वहाँ रहते हुए पी.एच.डी. और नेट सेट किया। क़दम-क़दम पर पिताजी साथ थे। मेरे पी.एच.डी. के गाइड पिताजी के विद्यार्थी रह चुके थे। पर बेहतर नौकरी के लिए किसी की सदभावना फलीभूत नहीं हो पा रही थी।

ऑटो में बैठा। कॉलेज का पता बताया। आगे बढ़ रहा था। मेरी आँखों में अपना भविष्य तो था ही, पिताजी के सपने भी थे। 'थिंक पॉज़िटिव...' ऑटो रुका। मैंने किराया दिया। बाहर झाँका, सही कॉलेज के सामने खड़ा था। भीतर जाने लगा तो गार्ड ने टोका,

'किससे मिलना है?'

'इंटरव्यू के लिए आया हूँ। तुरन्त कॉलेज का पत्र दिखाया। रजिस्टर में इंट्री करो...।' इतने रूखे और निरपेक्ष-भाव से सुनना अपेक्षित नहीं था। मैंने रजिस्टर में आवश्यक जानकारी लिखी। सोचने लगा, देश में इतनी असुरक्षा बढ़ गयी है, पर कुछ लोगों को गार्ड जैसी नौकरी की सुरक्षा तो मिल गयी।

कॉलेज बड़ा साफ़-सुथरा। चारों ओर करीने से खड़े किए गये पेड़-पौधे, हरियाली-फूल। मन प्रफुल्लित हो उठा। कितना अच्छा होगा यहाँ काम करना। सोचते-सोचते मैं रिसेप्निस्ट के सामने खड़ा था। ए.सी. दालान में गोल टेबल के पार बैठी सजी-सँवरी युवती ने निर्विकार भाव से शब्द उछाला–'यस'। मैंने कॉलेज का पत्र दिखा दिया। उसके कहने पर मैंने अपने मूल प्रमाणपत्र उसे दे दिए। उसने मेरे नाम की फाइल नीचे ड्रावर से निकाली और उसमें सारे काग़ज़ रख दिए। मुझसे बोली, 'आप सामने वाले कमरे में बैठिए।' मैं भीतर उस कमरे में चला गया। लॉबी में तो ए.सी. था। पर यह कमरा सामान्य था। और बारह-पन्द्रह लोग यहाँ बैठे थे। कोई किसी से बात नहीं कर रहा था। दस बजने ही वाले हैं। पता नहीं किसका नाम पुकारा जाये।

कोई नम्बर तो दिया नहीं गया था। इसलिए हरेक को लगता कि लौटने वाले उम्मीदवार के बाद उसी का नम्बर होगा। मेरा नम्बर साढ़े बारह बजे आया। इंटरव्यू हुआ। विषय से सम्बन्धित सवाल पूछे गये। कुछ जनरल नॉलेज के भी प्रश्न थे। सवाल केवल दो लोग पूछ रहे थे। बाक़ी तीन केवल देखते या आपस में बात करते। शायद मैनेजमेंट के लोग होंगे। इंटरव्यू के बाद मुझे सन्देश मिला कि मैं सामने एक दूसरे कमरे में जाऊँ। मैं चपरासी के साथ चला गया। यह कमरा भी ए.सी. था। एक रौबदार वाला व्यक्ति बैठा था। मेरी फाइल उसके हाथ में थी। उसने बैठने के लिए हाथ से ही इशारा किया। मेरे बैठते ही उसने कहा, 'आपके नाम पर विचार हो सकता है। पर एक शर्त है...।'

मैं ज्यों चक्रव्यूह में घिर गया, '...'। कुछ नहीं बोल पाया था।

मुझे बोलना ही नहीं था। उसी ने कहा,

'देखिए कॉलेज को ज़्यादा साल नहीं हुए हैं। ग्राँट पूरी नहीं मिलती। बिल्डिंग बढ़ानी है। नये कोर्स शुरू करने हैं...'

'...' मैं समझ रहा था। वह कह रहा था।

'आज के हिसाब के आपको कम से कम बीस लाख का डोनेशन देना पड़ेगा...'

'...' कहाँ से लाऊँगा? मैं सोच रहा था। तभी वह बोला,

'लोग तैयार हैं...पर आपके पी.एच.डी. के गाइड प्रिंसिपल साहब के परिचित हैं। उन्होंने आपके पिताजी के बारे में, आपके बारे में बताया है। इसलिए आपको इस डोनेशन से छूट मिल सकती है। लेकिन, आपको अपने वेतन से प्रतिमाह पन्द्रह हज़ार देने होंगे...। वेतन पैंतीस हज़ार होगा, नियमानुसार चेक से मिलेगा। आपके हर माह पन्द्रह हज़ार नकद देने होंगे!'

मुझे 'हाँ' ही कहना था। गाँव में बारह हज़ार ही मिलते थे। छोटे भाई-बहन शहर में पढ़ सकेंगे। धीरे-धीरे सब ठीक हो जायेगा।

एक छोटा-सा कमरा किराये पर लिया था। अकेला ही था यहाँ। कॉलेज चमक रहा था। हर महीने पन्द्रह हज़ार उस मुच्छड़ के हाथ में रखते हुए मैं बुझता-सा अनुभव करता। फिर वह कह गया, 'लिफ़ाफ़े में डालकर दिया कीजिए...।'

मैं कमरे के पास ही रिंग रोड पर एक ठेले पर चाय पीने गया। बस, तमाम चक्रव्यूहों के बारे में दिमाग़ को मुक्त कराते पत्थर की बैंच पर बैठा था कि छोटे से ग्लास में चाय का हाथ आगे दिखा। मैंने ऊपर देखा। चायवाला मुस्करा रहा था। मैं उसे चक्रव्यूह में दिखा या नहीं, पता नहीं। मैंने चाय जल्दी पी ली। ठण्ड के दिन थे। ग्लास वहीं खोमचे के कोने में रखा और पूछा, 'कितने हुए...? ' बोला 'आठ रुपये' और दूसरे ग्राहकों में व्यस्त हो गया। मैंने दस रुपये का नोट रखा और कहा, 'ठीक' है हाथ से इशारा किया कि रहने दो बाक़ी...और वहाँ से निकल पड़ा, अपनी धुन में...

कुछ ही क़दम आगे बढ़ा होऊँगा कि पीछे से आवाज़ आयी। बाबूजी... बाबूजी...। मैंने पीछे मुड़कर देखा, पचपन-साठ साल का चायवाला तेज़ी से

मेरी ओर आ रहा है। बोला बाबूजी, 'आपके दो रुपये!'...'रहने दीजिए', मैंने कहा। 'नहीं बाबूजी...ईमानदारी और मेहनत के बहुत हैं...' मेरी हथेली पर दो रुपये का सिक्का रखकर वह लौट गया।

मैं ठिठका-सा सोचता रह गया इस चायवाले के मुस्काते चेहरे और चमकदार कॉलेज के रौबदार मुच्छड़ के चेहरे में कितना अन्तर है।

पाश-मुक्ति

आज सरिता बंगले में नितान्त अकेली है। सुबह ग्यारह बजे का समय है। पति वसन्त अपने ऑफ़िस में और बेटी अनुपमा काम पर...वह पुणे के हिंजवाडी आइ टी सेंटर में एक सॉफ्टवेर कम्पनी में ऊँचे ओहदे पर है। उसने पुणे के मशहूर फर्ग्युसन कॉलेज से पढ़ाई की है। बंगले के पीछे के हिस्से में नौकर के लिए छोटा कमरा है जो अपनी पत्नी और एक बच्चे के साथ रहता है। उसकी पत्नी घर का सारा काम करती है और नौकर बाहर का काम...सारे काम निपट गये हैं और सरिता अकेले में अतीत की गुफ़ाओं में पता नहीं कहाँ-कहाँ खोती रही है। ऐसा अकेलापन उसे कभी नहीं मिला।

संयुक्त परिवार में उसकी शादी हुई। जिसमें सास-ससुर, देवर-ननद, एक भरापूरा परिवार था। इलाक़े के बड़े ज़मींदार के घर वह ब्याही गयी थी। ससुर का राजनीतिक रसूख था। वे इस इलाक़े के बड़े नेता थे। पर उनके बेटे वसन्त को राजनीति में रुचि नहीं थी। लेकिन तमाम तरह के नेताओं का आना-जाना, मेहमान-नवाज़ी, पार्टी की बैठकें इस घर में होती रहतीं। सरिता भी चूँकि ऐसी ही परिवार से आयी थी, इसलिए ऐसी गहमा-गहमी उसके लिए नयीं नहीं थी। पर ऐसे वातावरण से वह ऊब चुकी थी। पर यही शादी हो गयी है, तो निभाना था ही। उसे जल्दी ही मालूम हो गया कि उसकी आज़ादी पर ग्रहण लग गया है। ऐशोआराम तो ख़ूब हैं, पर उसकी अपनी मर्ज़ी का कुछ भी नहीं। पति के प्रति भी उसका मन उल्लसित न रहता। परिवार के दबाव में यह शादी हुई थी। रात-दिन चहल-पहल, राजनीति, ज़मींदारी, धन-सम्पत्ति के अलावा उसके आसपास कुछ भी नहीं था। जल्दी ही वह जान गयी कि वह सोने के पिंजरे में क़ैद हो गयी है।

पुणे से लगा उनका गाँव था। पुणे शहर दिन-दूनी रात चौगुनी गति से अपने पंख पसार रहा था। उनका गाँव भी उसके घेरे में आ गया। राजनीतिक दबाव के चलते कई गाँव पुणे में शामिल होते गये, उसमें यह गाँव भी था। फिर क्या कहने। ज़मीन के भाव सोने से भी ऊपर चढ़ने लगे। आसपास फ़्लैटों की इमारतें खड़ी होने लगीं। बिल्डर उनके घर आकर सम्पर्क करने लगे। पैसे के पास पैसों ने बेशुमार दौड़ लगाई। देवर राजनीति में गये। मन्त्री बने और मुम्बई की ओर रुख कर दिया। ननद की शादी भी एक राजनीतिक-परिवार से ही हो गयी। संयुक्त का अब एक-एक स्तम्भ बिखरने लगा था। राजनीति में रोज़ नये परिवर्तन हो रहे थे। ससुर अब उम्र-दराज़ हो चले थे। अब वे छोटे बेटे के मार्गदर्शक ही अधिक थे। पर उनके रुचि इस नयी राजनीति से उचटने लगी थी। चालबाजी, धूर्तता, धोखे, बेईमानी और अवसरवादिता की दौड़ में उन्होंने अनुभव किया सामाजिक सरोकार अब ताक पर रख दिया गया है। अपने पिता के स्वतन्त्रता सैनिक होने का उन्हें गर्व था। वे संस्कार उनमें थे। ज़मींदार होने के बावजूद लोगों में उनकी अच्छी पैठ थी। एक विरासत को उन्होंने आगे बढ़ाया था। सुख-सुविधा की कोई कमी नहीं थी। लेकिन अब उन्हें अपने छोटे बेटे की राजनीति की इकाई-दहाई कुछ समझ में न आती। कुछ अवसर ऐसे भी आये जब दोनों के बीच सैद्धान्तिक मतभेद उभरकर सामने आये। अब वे यह अनुभव करने लगे थे कि सत्ता और सिद्धान्त का दूर-दूर तक कोई सम्बन्ध ही नहीं है। धीरे-धीरे वे दूर होते गये और छोटा बेटा तो बहुत दूर निकल गया था। सत्ता में बने रहने की सारी बाज़ीगरी उसके पास आ गयी थी। पर सत्ता में रहने का लाभ तो उसके परिवार को मिलता ही।

कालान्तर में वसन्त के माता-पिता नहीं रहे। छोटा भाई लगभग मुम्बई में ही रहने लगा और वसन्त पुणे के एक नामी बिल्डर के रूप में उभरा। ज़मीन अपनी ही थी, बस इमारतें धड़ाधड़ खड़ी होती गयीं। सरिता को पता ही नहीं चला कि ज़िन्दगी का एक भरपूर टुकड़ा कितनी जल्दी गुज़र गया। बस उसे कुछ मिला होगा तो बेटी—अनुपमा...

अनुपमा आम तौर पर घर से ही काम करती है जब से कोविड का प्रकोप हुआ था। पर, कभी-कभी ऑफ़िस भी जाना होता है। माँ के बाद कोई सरिता के क़रीब थी तो वह है अनुपमा। वसन्त के साथ उस तरह कोई रिश्ता नहीं

बन पाया, जैसा एक स्त्री चाहती है। हालाँकि कोई कमी नहीं थी ज़िन्दगी में, पर सारी कमियाँ भौतिकता और धन-दौलत से तो पूरी नहीं हो जाती, सरिता के जीवन में शादी से पहले भी धन-दौलत की कोई कमी नहीं थी। अब तो वह कुबेर की राजधानी में थी। वसन्त रात-दिन इसी धन-दौलत की फसल काटने में ही मशगूल रहता।

सरिता को थोड़ी आज़ादी तब मिली, जब अनुपमा बड़ी हुई। वसन्त तो मुश्किल से बात करता। सरिता ने जिस जीवन-साथी की कल्पना की थी, वसन्त उसमें कहीं न बैठता। सरिता को ठिगने लोग कभी न भाते और वसन्त वैसा ही था। रंग-रूप अतिसामान्य...केवल धनपति बहुत बड़ा। रिश्तों में ख़ासकर वैवाहिक रिश्ते तय करते समय परम्परा से माँ-बाप आर्थिक सुरक्षा को अधिक महत्त्व जाने-अनजाने दे ही देते हैं। उसी महत्त्व की बलि सरिता भी रही। संस्कार, परम्पराएँ, मर्यादा और परिवार की इच्छा पर वह अपनी आवाज़ नहीं सुन पाई। सुन भी लेती तो क्या होता। राजनीतिक दुनिया में जीने वाले दबंग लोग अपने लोगों की बलि चढ़ाने में भी कोई कोर-कसर थोडे न छोड़ते हैं।

सरिता बहुत सुघड़ है। कॉलेज वह पैंट-शर्ट या सलवार-कमीज़ में ही जाती रही पर सबसे अच्छी उसे साड़ी फबती है। वह प्रोफेसर बनना चाहती थी। पर शादी के बाद वह मात्र एक तथाकथित धनपति-सभ्रान्त परिवार की मर्यादाशील बहू बनकर रह गई। यहाँ पढ़ाई का नहीं, सम्पत्ति का सम्मान था। वह एक ऐसे अन्तरिक्ष में पहुँच गयी जहाँ ऑक्सीजन की कमी महसूस होती रही और पृथ्वी के गुरुत्वाकर्षण क्षेत्र से वह बाहर निकल गयी थी। उसका संसार घर तक सिमट कर रह गया। पर्दा तो नहीं था, पर उसका सौन्दर्य पति को हमेशा सशंक बनाये रखता। इसलिए बाहर घुलना-मिलना लगभग न के बराबर रहा। मोबाइल पर अपने पुराने मित्रों से बतियाने तक की सुविधा से वह वंचित रहने लगी। कोई सीधे तो कुछ न कहता पर हालात ऐसे बन जाते कि उसका मन ही न करता। एक अजीब-सी घुटन, अदृश्य बन्धन और अस्तित्व पर प्रश्नचिह्न लेकर वह जी रही थी।

वसन्त ने सरिता को पढ़ने की कभी कोशिश नहीं की। संयुक्त परिवार में कभी एकान्त में कोई क्षण नहीं बिताए। घर में राजनीतिक सरगर्मियाँ और

वसन्त का बिजनेस...पैसा एकम् पैसा...यही पहाड़ा घर रट रहा था। ऐसे में सरिता का मन कब निर्विकार हो गया, उसे भी नहीं मालूम। कभी-कभी एकान्त में वह अतीत के झरोखे में झाँककर ख़ुद को बहला लेती...

बड़े से हॉल में शान्त रंगों से सजी दीवारें, शिवाजी की कांस्य-मूर्ति, छत पर लगे रंगीन झूमर, फर्श पर बिछी लाला कालीन, दीवाल पर अजन्ता की एक मूर्ति की बड़ी-सी पेंटिंग, बड़े आकार का टी.वी., म्यूजिक सिस्टम, एक ओर अलमारी में कुछ किताबें, लेदर फोम से सजे गद्‌देदार सोफ़ा, बड़े-बड़े टीपॉय...इन सबके बीच सरिता का अकेलापन चीख़ रहा था। काश ऐसा वैभव उसे न मिलता पर अपने बलबूते वह कुछ हासिल कर अपना एकान्त ज़रूर गरिमापूर्ण बना सकती थी।

शिवाजी यूनिवर्सिटी, कोल्हापुर में एम. ए. फाइनल में पढ़ते हुए तमाम सपनों से वह रूबरू होती रही। वह उम्र ही सपनों की थी। वह कविताएँ भी लिखती और सहेलियों-संग पाठ भी करती। यूनिवर्सिटी के एक सेमिनार में उसके साथ अधिकांश सहेलियाँ और सहपाठी शामिल थे। इसमें पूरे राज्य से प्रोफेसर आये थे। साहित्यिक चर्चाओं का आयोजन था। प्रोफेसर आकाश का वक्तव्य सरिता को बहुत प्रभावी लगा। व्यक्तित्व और भी आकर्षक लगा। कार्यक्रम के बाद अपनी प्रतिक्रिया उन तक सरिता ने पहुँचायी। प्रोफेसर आकाश सरिता के अन्दाज़ से कायल हो गये। वे यदाकदा मिलने कोल्हापुर आते रहे। नज़दीकियाँ बढ़ती रहीं। वे नागपुर से मिलने आते, जिस की चर्चा होने लगी। यूनिवर्सिटी के डीन सरिता के रिश्तेदार थे। देखते-देखते चर्चा यहाँ-वहाँ होती रही। सरिता को पढ़ाई ख़त्म करने के संकेत भी मिले और प्रोफेसर आकाश को आगे न बढ़ने की धमकियाँ भी मिलीं।...बस इतना-सा क़िस्सा हुआ। सब कुछ थम गया। सरिता की कविताएँ भी रुक गयी। किसी तरह एम.ए. की परीक्षा सरिता दे पायी। सरिता को डर था कि उसका मन्त्री भाई आकाश के पीछे पुलिस लगाकर उसे मुश्किल में डाल देगा। सम्बन्धों को तोड़ने के लिए आकाश का ब्यौरा भी खंगाला गया...वह एक सामान्य परिवार से था। कोई ऐसी घटना नहीं हुई जैसी फ़िल्मों में होती है। सरिता की शादी, वसन्त से हो गयी। आकाश पटल से पूरी तरह ग़ायब...

पर इस एकान्त में तीस वर्ष बाद आकाश का चेहरा सरिता की आँखों के सामने क्यों घूम रहा है ? क्यों वह उस मन्त्री भाई और पुलिस के चंगुल से बचाना चाह रही थी। उसका क्या लगता है आकाश...क्या नहीं कर पाती थी–पुलिस ? इसी ऊहापोह में वह टी-पॉय पर अपने चेहरे की परछाई से जिरह कर रही थी। मेन गेट की बेल बजी...कौन होगा ? आज बंगले पर कोई नहीं था, दरवाज़ा खोलने...कौन होगा ? इस वक़्त...एक के बाद एक चेहरा सामने आता और ओझल हो जाता। वसन्त तो इस वक़्त आ ही नहीं सकते...

सरिता ने दरवाज़ा खोला...कई सरकारी अफ़सर और पुलिस की टीम दरवाज़े पर खड़ी थी। उसे कुछ समझ में आये इससे पहले ही बड़े अधिकारी ने अपना कार्ड दिखाया और बिना किसी रुकावट के भीतर आ गये। सरिता भौचक। क्या है यह, कुछ समझ में नहीं आया। उन्होंने सबसे पहले सरिता का मोबाइल अपने क़ब्ज़े में लिया और पूरे बंगले में फैल गये...तलाशी शुरू! सरिता किंकर्तव्यविमूढ़! इतने में नौकर घर आया और उसने हालात देखकर तुरन्त किसी तरह वसन्त को फ़ोन कर दिया। तब तक आइटी के अधिकारी बंगले के हर कमरे में तलाशी लेने लगे। पुलिस पहरे पर थी।

आने-जानेवाले लोग इस बंगले के सामने पुलिस और सरकारी गाड़ियाँ देखकर तरह-तरह के कयास लगाने लगे थे। पास-पड़ोस के लोगों को यह तो मालूम था कि वसन्त का कारोबार बहुत बड़ा है। किसी पड़ोसी से कोई बहुत सम्बन्ध तो था नहीं। नामी बिल्डर और शहर का बड़ा कॉन्ट्रैक्टर था वह। शहर और आसपास के पुल, फ्लाईओवर, सड़कें, सरकारी इमारतों के ठेके इसी को मिलते। पिछले दिनों सरकार में फेरबदल हुए और छोटा भाई मन्त्री नहीं रहा। अब सरकारी ठेके कम या लगभग नहीं के बराबर मिलते। पर अब भी फ्लैट्स निर्माण में, शहर में उसका नाम था।

आनन-फानन वह अपने दफ़्तर से भागा-भागा आया। तुरन्त उसे मालूम हो गया कि कोई बड़ा छापा पड़ा है। सरिता को सांत्वना देता रहा। अधिकारियों ने उसका मोबाइल ले लिया। इस बंगले में भी उसका ऑफ़िसनुमा एक बड़ा-सा कमरा है। अधिकारी उसी कमरे के काग़ज़ात की छान-बीन कर रहे हैं। बंगले के सभी कमरों पर उनकी नज़र है। सरिता को कुछ समझ में नहीं आ रहा, क्योंकि वसन्त ने कभी कुछ बताया ही नहीं। सरिता ने अपनी ओर से

कोई जिज्ञासा व्यक्त ही नहीं की...ख़ासकर रुपये-पैसों की। कभी कोई ज़रूरत ही नहीं पड़ी और धन-सम्पत्ति को लेकर उसका कोई आकर्षण भी नहीं था।

बैंकों के लॉकरों, बैंकों के खातों, इन्वेस्टमेंट की जानकारी, सम्बन्धित काग़ज़-पत्र, नकद लेन-देन और ज़मीन-जायदाद के सारे काग़ज़ात उन्होंने अपने क़ब्ज़े में ले लिए। करोड़ों रुपये के बंडल हॉल में लाकर रखे गये। सोने के बिस्कुट भी मिले वहाँ। साथ ही गहनों का अम्बार लग गया। सरिता को अपने निजी गहनों के अलावा इन सारी सम्पत्तियों की जानकारी तक नहीं थी। वसन्त बहुत घुम्मा क़िस्म का व्यक्ति रहा और सरिता कभी उसकें बहुत क़रीब नहीं जा पाई। दोनों ओर से स्थिति ऐसी ही थी। वसन्त पैसों में डूबा था और सरिता घुल नहीं पाई। वसन्त बहुत अहंकारी है, और गुरूर में डूबा रहता। पर आज उसका गुरूर चूर-चूर हो गया। वह सरिता को आँखों ही आँखों में सहारा दे रहा था, पर ख़ुद बड़ा असहाय लग रहा था। क्योंकि उसे मालूम था कि ये अधिकारी जो ढूँढ रहे हैं, उसका अन्त कहाँ तक होगा!

सरिता को इतना तो मालूम था कि धन-दौलत अकूत है, पर इतने रुपये, सोना और ज़मीन के काग़ज़ात, बैंकों में लॉकर, एफ.डी., दूसरी जगहों पर इन्वेस्टमेंट की कोई जानकारी नहीं थी। जब तक यहाँ बंगले पर तलाशी चल रही थी, उसी समय वसन्त के दफ़्तर में भी छापा पड़ा। वहाँ से भी करोड़ों की रकम निकली। सरिता के लिए यह बहुत बड़ा हादसा था। पंचनामा हुआ और सारी कानूनी कार्रवाई देर रात तक चलती रही।

वसन्त ने कभी सोचा भी नहीं था कि इस प्रकार का सामना उसे करना पड़ेगा। अब ख़ुद को असहाय पा रहा था। सरिता अब वसन्त के प्रति इस घटना को लेकर दो तरह से सोचने लगी। एक तो यह कि वह सोचती रही उससे अधिक धनलोलुप और कारोबार में गड़बड़ी करनेवाला निकला। इतना रुपया घर में उसने पहली बार देखा। वैसे वह भी पैसेवालों, रसूखदार, ज़मींदार परिवार से थी। दूसरे, वसन्त के प्रति अब उसके मन में सहानुभूति उभर रही थी। वसन्त की आँखों में सरिता के प्रति विगत में की गयी उपेक्षा का अफ़सोस भी था। सरिता में पत्नी के रूप में वसन्त का सहारा बनने का भाव भीतर ही भीतर उठने लगा था। वह कहना चाह रही थी...कोई बात नहीं! आख़िर वसन्त इकलौती बेटी अनुपमा का पिता भी तो था।

सरिता के भाई के प्रयासों से वसन्त की गिरफ़्तारी नहीं हुई। वसन्त का छोटा भाई अब विरोधी पार्टी में है, फिर भी उसका कुछ प्रभाव तो है ही।

शाम को अनुपमा काम से लौटी। उसे जानबूझकर कोई सूचना नहीं दी गयी थी। अनुपमा में माँ का सौन्दर्य और पिता का दबंग व्यक्तित्व है। घर में क़दम रखते ही सारी अस्त-व्यस्तता, चेहरे की हवाइयाँ, मामा की उपस्थिति और दो वकीलों को देखते ही स्थिति भाँपने में उसे देर नहीं लगी।

इस हादसे ने वसन्त के दबंगई स्वभाव और हमेशा यह सोचना कि मैं कुछ भी कर सकता हूँ, के भाव को हिला कर रख दिया। वह अपनी बेटी से बहुत प्यार करता है और आज की यह दुर्घटना बेटी पर असर करेगी, यह सोचकर वह सिहर उठता। वह अनुपमा को केवल देखता रहा। घर पर छापे की बात सरिता ने बताई। अनुपमा पापा के पास बैठ गयी। सोफ़े पर एक ओर सरिता थी। उसने वसन्त के थरथराते और ठण्डे हाथ को थाम लिया। वसन्त ने सरिता को देखा, कुछ ढाढ़स बँधा। वकील और सरिता के भाई विचार-विमर्श करते रहे...

दिन बीतते गये। वसन्त की लड़खड़ाहट कम करने में सरिता की महत्त्वपूर्ण भूमिका रही। वसन्त अपने भीतर के घमंडी आदमी को कुछ अनुभव करने लगा। हालाँकि मूल स्वभाव में परिवर्तन तो मुश्किल से ही होता है। पर सबसे बड़ा परिवर्तन सरिता में हुआ। अब तक अपने मनलायक साथ के अभाव में उसने एक जो निर्लिप्तता ओढ़ रखी थी, उसे झटककर वह वसन्त के सामने खड़ी हो गयी। सरिता की ऊष्मा से वसन्त की भीतरी जकड़न कुछ शिथिल हुई। वह अब कारोबार की बातें सरिता को बताने लगा। लगा कि अब गृहस्थी के दोनों पहिए एक दिशा में निकल सकेंगे। वह कई बार वसन्त में आकाश को ढूँढ़ती...!

वसन्त का सामाजिक, राजनीतिक घुलना-मिलना कम हो गया। चूँकि आर्थिक बुनियाद पुरखों से मज़बूत थी तो उसे नये सिरे से आगे बढ़ाने में बहुत कठिनाई नहीं हुई। लेकिन भीतर ही भीतर कारोबार की अनियमितता उसे खाये जा रही थी। सरिता और अनुपमा ने उसे उबार लिया। वह कामकाज़ में लग तो गया, पर पहले जैसा जोश कहीं गायब था। पर ऑफ़िस जाने लगा था और नये बिल्डिंगों की योजनाएँ उसके मन में उभरती रही थीं। वह चाहता कि

अनुपमा उसके कारोबार में हाथ बँटाए, पर अनुपमा को कारोबार में कोई रुचि नहीं थी। रात-दिन कारोबार में फँसे रहना उसे बिल्कुल अच्छा न लगता। न कभी छुट्टी, न कभी मन से जीने का समय!

अनुपमा का वार्षिक पैकेज बहुत बड़ा था। वह घूमने-फिरने की शौक़ीन थी। अपनी माँ की तरह बन्दिशों को लेकर वह आतंकित नहीं थी। हाँ, जो भी करती, सोच-समझकर करती। परिवार की मर्यादा के प्रतिकूल उसका कोई व्यवहार न होता। वसन्त से संवाद करते समय थोड़ी सावधानी ज़रूर बरतती। उनके कुछ सवाल अनुपमा को सचेत करते। माँ की बातें जतातीं कि अब वह बड़ी हो गयी है। वह माँ के अधिक क़रीब थी। एक दिन पापा जब ऑफ़िस गये थे, तब वह तीन-चार मित्रों के साथ घर आयी थी। चाय पर बुलाया था। उनमें से एक सोहम भी था। सभी मित्र बंगले की चमक-दमक और वैभव देखकर चकित थे कि अनुपमा ने कभी ऐसी धन-सम्पन्नता का कभी ज़िक्र नहीं किया। चाय-पान के समय अनुपमा, सोहम का विशेष ख़याल रखती यह सरिता से छिपा नहीं था। एक दिन सरिता ने वसन्त से कहा कि अब अनुपमा की शादी के बारे में सोचना चाहिए। तब वसन्त को लगा कि बेटी बड़ी हो गयी है। सरिता से इतना ही कहा कि मैं भी तुमसे यही बात करनेवाला था कि अपनी रिश्तेदारी में कई काबिल लड़के हैं। सरिता कुछ नहीं बोली। केवल मुस्करा दी...

अनुपमा का अपने मित्रों के साथ दो दिन का गोवा जाने का कार्यक्रम बना। पहले तो वसन्त अनुकूल नहीं था, पर सरिता के आग्रह पर मान गया। सरिता की बात वह अब कभी टालता नहीं। परन्तु पलटकर कुछ कह देना अब कम हो गया। उत्तेजित होने की मात्रा कम हो गयी। कुछ गुमसुम भी रहने लगा था वह।

आज ऑफ़िस जाने की इच्छा नहीं थी—वसन्त की। पर कुछ उलझनें थीं, ज़मीन को लेकर। सरिता ने तो आराम करने के लिए कहा था। फिर भी देर से ही क्यों न हो वह ऑफ़िस गया। कोई काम करने का मन नहीं था। ज़मीन विवाद के सिलसिले में एडवोकेट आये थे, उन्हें भी कल पर टाल दिया। अकेले कुछ सोच में डूब गया था, तभी उसने कुछ बेचैनी-सी महसूस की। बेल बजाई। सहायक आया और किसी काम से इंजीनियर जयेश भी फ़ाइलों

के साथ केबिन में आया। देखा दोनों ने कि साहब छाती पर हाथ रखकर बेचैन हैं। गाड़ी मँगवाई गयी और तुरन्त अस्पताल ले जाया गया। पता चला कि वसन्त को दिल का दौरा पड़ा है।

पहले छापा और अब दिल का दौरा। सरिता की चिन्ता बढ़ती जा रही थी। अब जब निर्लिप्तता ख़त्म होती जा रही है, तब वसन्त पर ये आघात क्यों ? बदलते वसन्त को देखते हुए पति के प्रति उसका मन सुरक्षा-भाव को लेकर चिन्तित हो उठता है। सहानुभूति और आत्मीय सहारा पाकर वसन्त आश्वस्त हो उठता है। अब अस्पताल में वह सोचता है कि धन कमाने के पीछे वह अपने परिवार के प्रति लापरवाह हो चला था। यदि कुछ ऐसा-वैसा हो गया तो उसका अनुपमा का घर बसाने का सपना अधूरा रह जायेगा। मन ही मन वसन्त ने अपने ही स्तर के ज़मींदार के लड़के के बारे में अनुपमा के लिए सोच रखा था।

अस्पताल में सारी सुविधाएँ थीं। पर सबसे सुरक्षित लगता सरिता की उपस्थिति। सरिता ने थोड़ी देर के लिए भी वसन्त को अकेला नहीं छोड़ा। दोनों अनुपमा की चिन्ता करते हैं। सरिता के मन में सोहम का चेहरा उभरता है। लगा आकाश के लिए तो कुछ सोचा नहीं गया...क्योंकि खानदान का ध्यान रखना था। पर अब तो एक दिन अनुपमा ने माँ को बता ही दिया कि सोहम उसे अच्छा लगता है। उसके अलावा किसी और से रिश्ता सम्भव ही नहीं होगा। अनुपमा की दृढ़ता देखकर सरिता का अतीत उसके सामने 'काश' के साथ घूम गया।

वसन्त की तबीयत में सुधार हो रहा था। हार्ट में स्टेंट डाला जाना तय हुआ था। वसन्त भावुक होते हुए सरिता का हाथ, हाथ में लिए शून्य में कहीं कुछ देख रहा था। तभी गोवा से अनुपमा सीधे एयरपोर्ट से अस्पताल पहुँची। पापा से लिपट गयी। उसके साथ सोहम भी था। दोनों गोवा का कार्यक्रम अधूरा छोड़कर, पापा की तबीयत का समाचार पातेही यहाँ पहुँचे।

सरिता ने तय कर लिया कि आज वसन्त से अनुपमा और सोहम के रिश्ते की बात कर ही लेगी।

वे चार दिन

रात के ढाई बजे थे। इतनी रात को मैं जाना नहीं चाह रहा था। पर स्थितियाँ इतनी भयानक और दुख भरी थीं कि मेरे सामने कोई विकल्प नहीं था। मुझे तैयार होना ही था। बेटा राहुल कार चला रहा था। कार की तेज़ गति देखकर मन फिर विचलित हो जाता। हालाँकि, ट्रैफ़िक बिल्कुल नहीं था। वैसे भी इस नगर-एडिनबरा-में ट्रैफ़िक अधिक नहीं होता और जो होता है, वह अत्यन्त अनुशासित होता है। कहीं कोई उल्लंघन नहीं और दिन में भी कहीं ट्रैफ़िक पुलिस दिखाई नहीं देते तो अभी रात के ढाई बजे तो सवाल ही नहीं था। इतनी रात को पार्किंग के लिए यहाँ-वहाँ जगह होने के बावजूद कार को तो पार्किंग की निर्धारित जगह पर ही खड़ी करना था। मुझे मेन गेट के पोर्च में छोड़कर राहुल पार्किंग में कार खड़ी करने चला गये। मन में तमाम आशंकाओं का बोझ उठाए मैं भारी क़दमों से भीतर जाने का मन बना रहा था। तभी राहुल भागते हुए आया और हाथ पकड़कर मुझे रिसेप्शन हॉल में ले गया। भीतर जाते ही भीड़ देखकर सिर चकराने लगा। रात के पौने तीन बज रहे थे और इतनी भीड़। लगभग डेढ़ सौ लोग रहे होंगे। यह मान लें कि कुछेक के साथ उनके रिश्तेदार या मित्र आये होंगे, तब भी लगभग सौ एक लोग अपनी दुख-तकलीफ़ों के साथ बैठे थे। एक व्यक्ति तो अभी-अभी दुर्घटना में घायल अवस्था में बहते ख़ून के साथ वहाँ आया, जिसे तुरन्त इलाज की आवश्यकता थी। साथ में, पुलिस के दो कर्मचारी भी थे। राहुल रिसेप्शन काउंटर पर गया और एक फॉर्म ले आया। इतने में एक युवती को हथकड़ी लगाए दो पुलिसकर्मी आये। उस युवती के चेहरे पर कोई अफ़सोस नहीं था, पर तबीयत को लेकर कोई समस्या लगती थी। राहुल ने बताया कि हमारा नम्बर बहुत पीछे है...कम से

कम दो घण्टे और लग सकते हैं। मेरे पेट का दर्द वैसा ही असहनीय था...पर सुबह पाँच बजे ही डॉक्टर देख पायेंगे। तब तक स्कॉटलैंड के इस 'नेशनल हेल्थ सर्विसेस' में इन्तज़ार के अलावा कोई विकल्प नहीं था। हम घर लौट आये। घर आकर फिर 'पैरासिटामॉल' लेकर पीड़ा को भगाने की कोशिश की पर 'पेन किलर' का कोई असर दिखाई नहीं दिया। रात कराहते हुए कटी। मेरे साथ घर में सभी को जागना पड़ा। समझ नहीं आ रहा था कि क्या करें और क्या हो रहा है। सुबह दस बजे कुछ नींद आयी। राहुल की चिन्ता ने उसे ऑफ़िस जाने से रोक दिया। 'पैरासिटामॉल' शायद कुछ दर्द कम कर रहा था, यह सोचकर दूसरी ख़ुराक भी ले ली। राहुल बार-बार अस्पताल चलने के लिए ज़ोर देता पर वहाँ की भीड़ सोच कर मैं बुझ-सा जाता...अब बेहतर हूँ, कहकर ख़ुद को समझाने की कोशिश करता...इक्कीस जून दो हज़ार बाईस की रात तो मैंने किसी तरह पार कर ली थी। पर दूसरे दिन की दोपहर काटते हुए मैं मर्माहत पीड़ा का शिकार हो गया!

फिर अस्पताल पहुँचना ही पड़ा। शाम छह बजे का समय था। वही भीड़। वही प्रक्रिया। पर इस बार लौटना ख़तरनाक हो सकता था। इसलिए प्रतीक्षा में शामिल हो गये। दो घण्टे बाद नम्बर आया। अकेले ही भीतर जाना हुआ। राहुल को बाहर ही रोक दिया गया। पेट की स्थिति बेहद ख़राब थी। ऐसा लग रहा था ज्यों किसी ने पूरे पेट में काँच के टुकड़े बो दिए हैं और ये टुकड़े चक्राकार रूप में तेज़ी से घूम रहे हैं। असह्य वेदना और घबराहट के बीच मुझे एक ऊँची कुर्सी पर बैठा दिया गया। एक डॉक्टर कम्प्यूटर के साथ मुझसे मुख़ातिब हुई और दर्द तथा तबीयत की गहराई एवं व्यापकता से पूछताछ की। सारा कुछ लैपटॉप में रिकॉर्ड कर लिया। यह एक बड़ा-सा हॉलनुमा कमरा था जिसमें मेरे जैसे कई लोगों की तबीयत की प्राथमिक जानकारी ली जा रही थी। यहाँ केवल मौखिक बातें रिकॉर्ड की गयीं और मुझे दूसरे हॉल में ले जाया गया। यहाँ केबिन की तरह बने कमरे थे, जो सामने से खुले थे। सामने बड़ा-सा पैसेज था। जगह की कमी के कारण वहाँ भी हॉस्पिटल बेड पर मरीज़ रखे गये थे। मेडिकल के तमाम उपकरण, ट्यूब, मॉनीटर, ड्रिप्स, ग्लूकोज़ और डॉक्टरों से घिरे मरीज़ों को देखकर मेरे भीतर का मरीज़ अपनी तबीयत के आतंक में ऐसी ही मेडिकल ह्वील बेड पर अपने आपसे संवाद

कर ही रहा था कि बीपी की जाँच, ख़ून की जाँच-परख के अलग-अलग कर्मचारी अपने काम में जुट गये। अपनी गम्भीर कल्पनाओं के बीच भी पेट के कांचनुमा नुकीले दर्द के यात्री रुकने का नाम ही न लेते। तब तक पता नहीं कैसे सख़्त अनुशासन के घेरे को लांघकर राहुल मुझ तक पहुँच ही गया। मन को कुछ राहत मिली।

रात के लगभग बारह बजे डॉक्टर अपने सहायकों और पैथालॉजिकल रिपोर्ट के साथ मेरे पास आये। चिन्तित राहुल को स्थिति बताने लगे और कह गये कि कैट स्कैन करना होगा...बस स्थितियों की गम्भीरता और बढ़ गयी। राहुल के साथ संभावित, अदृश्य स्थितियों के दबाव मन पर छाने लगे...पता नहीं क्या संकट है। कैट स्कैन में नम्बर लगने का इन्तज़ार...एक घण्टे बाद मैं बेड समेत धकेला जाकर कैट स्कैन के कमरे में पहुँचा दिया गया। जहाँ तीन-चार टेक्नीशियन तैनात थीं। मैं भौचक-सा चारों ओर देखता रहा। ऐसी मशीन मैंने फ़िल्मों में देखी थी और कहीं बड़े अस्पतालों के विज्ञापन में। मशीन को देखने पर भीतर से लगता रहा मामला कुछ ज़्यादा ही गम्भीर है। उस गुफानुमा मशीन में मुझे पूरी तरह भीतर पहुँचा दिया गया, लगा मैं किसी और लोक में पहुँच गया हूँ। कुछ खटकों की आवाज़ और भीतर तक रोशनी के परिवर्तनों के साथ कुछ देर के लिए मैं उस मशीन के भीतर रहा। और मुझे अपने मूल स्थान पर, जहाँ राहुल मेरी प्रतीक्षा कर रहा था, पहुँचा दिया गया। वहाँ से चलते समय मैंने पूछा कि सब ठीक है...उनमें से एक ने कहा, आपके डॉक्टर आपको समझाकर बताएँगे। यह सब मुस्काते हुए मुझसे कहा गया, पर मेरी चिन्ता और सिर पर चढ़ गयी। रिपोर्ट का इन्तज़ार होता रहा।

अस्पताल की एक ख़ूबी यह थी कि सारे डॉक्टर एक स्थान पर होते और जितनी रिपोर्टें तैयार होतीं, सम्बन्धित डॉक्टर को मेल पर भेजी जातीं। सभी रिपोर्टों का डॉक्टर अध्ययन करते। लगभग सुबह के साढ़े तीन बजे डॉक्टर रॉरी मेरे पास अपने दल-बल के साथ आये। उनके साथी सहायक–दोनों लैपटॉप से लैस थीं। लैपटॉप छोटे से पोडियमनुमा स्टैंड पर रखे होते। इस स्टैंड को नीचे ह्वील्स लगे थे। वैसे यहाँ की सभी वस्तुओं–यानी हॉस्पिटल बेड, स्टैंड, रैक्स और सिलेंडर–को ह्वील्स लगे होते। किसी की उठाने की ज़रूरत नहीं । डॉक्टर रॉरी ने पहली बार पेट दबाकर तरह-तरह के सवाल

किए और सहायकों के कम्प्यूटरों से रिपोर्ट देखते भी निर्देश भी देते जा रहे थे। उनके निर्देश फीड भी किए जाते रहे। उन्होंने कहा कि एक बार और ब्लड सैंपल लेने के बाद कुछ कहा जा सकेगा। थोड़ी देर में फिर ढेर सारा ख़ून लिया गया...फिर रिपोर्ट का इन्तज़ार...!

सुबह साढ़े चार बजे डॉ. रॉरी अपने सहायकों से साथ आये और उन्होंने बताया कि गॉल ब्लेडर में बड़ी-सी पथरी है जो लगभग तेरह एम एम की है। उसकी हलचल भीतर ही भीतर बढ़ गयी है उससे ढेर-सारा फ्ल्यूड बाहर निकलकर पूरे पेट में फैल गया है। यह बहुत प्वाइजनस है। सर्जरी करनी पड़ेगी...सर्जरी की बात सुनते ही मैं भीतर तक दहल गया। विदेश में स्कॉटलैंड जैसे देश में अकेला राहुल कैसे झेल पायेगा। फिर ख़र्चों का हिसाब भी तो कम बेहिसाब नहीं होगा। मैंने कहा और कोई विकल्प नहीं है...आपको अभी एडमिट होना पड़ेगा...हम कोशिश करेंगे कि दवाइयों ऐंटीबायोटिक, ड्रिप्स आदि से ठीक किया जा सके...। अस्पताल में मैं कभी भर्ती नहीं हुआ था, कभी ज़रूरत ही नहीं पड़ी थी...तुरन्त भर्ती करने का निर्देश देकर डॉक्टर रॉरी चले गये। फिर हमारा हॉस्पिटल बेड अपने पहियों पर आगे बढ़ गया–लिफ़्ट की ओर...पता नहीं कौन-सी मंज़िल थी, लिफ़्ट से बाहर निकलते ही मेरा बेड इमरजेंसी सर्जरी वार्ड में आ गया। यह छोटा हॉल था, केवल आठ बेड थे। सभी आधुनिक मेडिकल उपकरणों से लैस। परदों की व्यवस्था ऐसी थी कि उन्हें खींचने पर हर बेड अपने आप अलग कमरे की शक्ल ले लेता।

यहाँ पहुँचते ही फटाफट उपचार का दौर शुरू हो गया। यहाँ काग़ज़ पर कुछ लिखने का प्रचलन न होकर सब लैपटॉप पर आता। हॉल के बाहर डॉक्टर-नर्स लैपटॉप पर आये मेल के अनुसार उपचार करते। फिर ख़ून लिया गया। बी पी जाँचा गया। नसों में सुइयाँ डालकर ड्रिप शुरू की गयी, गोलियाँ, कैप्सूल दिए गये और ड्रिप से ही और दवाइयाँ नसों के रास्ते शरीर में भेजी गयीं। इसी बीच राहुल से कहा गया कि मरीज़ के साथ किसी के रहने की अनुमति नहीं है। यह आईसीयू वार्ड है। राहुल ने बहुत अनुरोध किया, पर कुछ नहीं हुआ। फिर उसने कहा यहाँ की अंग्रेज़ी पिताजी ठीक से समझ नहीं सकेंगे, क्योंकि स्थानीय लोग तेज़ गति से बोलते हैं और उसमें स्कॉटिश मिश्रित होती है। उन्होंने कहा आप चिन्ता न करें, जब भी डॉक्टरों के विज़िट

का समय होगा हम इनके लिए दुभाषिया उपलब्ध करा देंगे। पर यहाँ साथ में रहने की अनुमति नहीं है। विवश होकर राहुल को जाना पड़ा। मैं अनन्त दुष्विचारों और विचित्र सोच के साथ वहाँ पड़ा रहा। हर घण्टे बी पी और ख़ून की जाँच। शायद पेन किलर के साथ नींद की गोलियाँ भी रही होंगी। दो दिन से मैं सोया नहीं था। नींद लग जाती। पर वही हर घण्टे ख़ून की जाँच और बी पी का रिकॉर्ड। चूँकि मुझे डाइबिटीज़ भी है, इसलिए उनकी चिन्ता कुछ अधिक थी। बार-बार बुखार देखा जाता और कोविड का टेस्ट भी किया जाता। इतने टेस्ट, इतनी दवाइयाँ, इतना तनाव कि मुँह का स्वाद भी जाता रहा। खाने की बिल्कुल इच्छा न होती। लगा मैं महीनों से बीमार हूँ और कम होता वज़न इसकी गवाही देता रहता।

अस्पताल के पहले और दूसरे दिन की घटनाएँ ज्यों दिमाग़ से डिलीट कर दी गयी। समय बहुत अजीब-सा बीता। अधिकाँश समय सोते-जागते और अदृश्य अनिश्चितता को घबराहट में बीतता। मुझे याद आया तीसरा दिन जब राहुल, पुत्रवधू स्वाति और पत्नी सुमित्रा मेरे लिए खाना लेकर आये। राहुल रोज़ आता सुबह-शाम। दोनों पोते आदि और आराध्य घर से फ़ोन करते और जल्दी आइए आबू...पुणे से कुणाल बेटा चिन्ता से सराबोर...सबकी परेशानी मुझसे देखी न जाती। मित्रों के फ़ोन, रिश्तेदारों के फ़ोन राहत ज़रूर देते... पर तबीयत इतनी ख़राब हो गयी, यह बात भीतर ही भीतर मुझे चिन्तित करती रहती।

तीसरे दिन काउंसिलर आने वाले है, यह सूचना मुझे दी गयी। मैं ऐसी व्यवस्था से अनजान था। बताया गया कि काउंसिलर सभी बातों, रिपोर्टों का, अब तक दी गयी दवाइयों का, इलाज़ का अध्ययन करके आयेंगे और मुझसे तबीयत के बारे में बात करेंगे। उनके आने के पहले दुभाषिया आ गये। रंग-रूप, चाल-ढाल बिल्कुल हमारी तरह...बातचीत भी हमारी तरह...पहले तो मेरी समझ में नहीं आया उनका आना...बातों-बातों में उन्हें मालूम हुआ कि मैं लेखक हूँ। फिर वे अपनी कहानी और तमाम दूसरी कहानियाँ सुनाते रहे...एकदम साफ़-सुथरी हिन्दी-कुछ उर्दू मिश्रित। इस अस्पताल के बारे में बताने लगे कि यह कितना विशाल है। उनकी पत्नी भी इसी अस्पताल में काम करती हैं। बहुत दिलचस्प और बातूनी...अचानक सामने के मरीज़ से

मिलने एक महिला आयीं। इस सज्जन से उनकी पहचान थी। हाय-हेलो का आदान-प्रदान हुआ। उन्होंने मुझे बताया कि यह महिला भी दुभाषियाँ हैं। पहले वे सिंगापुर पुलिस में वरिष्ठ अधिकारी थीं, अब यहीं स्कॉटलैंड में दुभाषिया का काम करती हैं। अपने बारे में वे विस्तार से बताते रहे कि किस तरह कोर्ट में, पुलिस थाने में, अस्पताल में और नाना जगहों पर भाषा के माध्यम से सुविधा उपलब्ध कराते हैं। अस्पताल और कोर्ट में सबसे अधिक चुनौती होती है...फिर वे मेरी बीमारी के बारे में मुझे समझाते रहे। उदाहरण-स्वरूप यह भी बताया कि उनकी पत्नी के गॉल ब्लेडर का ऑपरेशन भी इसी अस्पताल में हुआ था। अब वे बिल्कुल स्वस्थ हैं। लेकिन, सामने भर्ती हुए सिंगापुर के मूल निवासी का ऑपरेशन पिछले महीने यहीं हुआ और अब फिर समस्या उभर आयी है। वे अपने अनुवाद के कई उदाहरण बताते रहे...कई लोगों की रोचक कहानियाँ भी उन्होंने सुनाईं...पहले उन्होंने अपना नाम बताया था, पर मैंने फिर पूछा तो जवाब में कहा–मोहम्मद अजहर...मैं मूल रूप से लाहौर से हूँ, पर अब दो पीढ़ियों से स्कॉटलैंड में हूँ। मेरे बच्चे तो अब स्कॉटिश ही हो गये हैं।..। काउंसिलर आये नहीं और दुभाषिया काफ़ी देर रुककर चले गये!

आज अस्पताल में इमरजेंसी मामले बहुत थे, इसलिए काउंसिलर को मुझ तक पहुँचने में काफ़ी देर हो गयी। उनके साथ चार डॉक्टर-सहायक अपने स्टैंडिग ह्वील पोडियम पर लैपटॉप से लैस मेरे बेड तक आए। काउंसिलर डॉक्टर ने मेरी जाँच की और अपने सहायकों से चर्चा की। सारी बातें लैपटॉप पर फीड की जाती रहीं। उन्होंने आवश्यक दवाइयों के लिए निर्देश दिए और वहाँ से दूसरे मरीज़ों की ओर बढ़ गयीं। हर दो घण्टे में मेरे ख़ून की जाँच होती और दवाइयाँ दी जातीं। ड्रिप से सारे इंजेक्शन शरीर में पहुँचाए जाते। स्थायी तौर पर एक नस में छेद कर सुई लगा रखी थी। रात-दिन उसी से कई दवाइयाँ छोड़ी जातीं। शरीर में बहुत कमज़ोरी आ गयी थी। भोजन न के बराबर खाया जाता।

रोज़ दवाई और इंजेक्शन देने एक नर्स आती। दिखने में भारतीय लगती। पर यहाँ एशियाई लोग सामान्यत: भारतीय जैसे ही लगते हैं। सभी अंग्रेज़ी में ही बोलते हैं। सात-आठ नर्सों-डॉक्टरों में से केवल दो ही ऐसे लगते। बाक़ी सब गोरे यहाँ के स्थानीय थे। सबकी बातों की गति इतनी तेज़ होती कि शब्दों

को पकड़ने में मशक्कत करनी पड़ती। तभी भारतीय-सी लगने वाली उस नर्स ने अंग्रेज़ी में पूछा, 'आप इंडियन हैं?' मेरे हाँ कहने पर फिर पूछा, किस शहर से मैंने कहा, पुणे। मुझे लगा मुझे भी उसके बारे में पूछना चाहिए। उसने बताया वह कोज़ीकोडे, केरल से है और उसका नाम 'बेटी' है। मैं जब तक वहाँ रहा, उसे 'बेटी' कहकर ही बुलाता रहा। दूसरी एक डॉक्टर जो बार-बार चेक-अप के लिए आती, भारतीय लग रही थी। उसने मेरी पुरानी दवाइयों की जानकारी चाही। मैंने दवाइयों का डिब्बा उसकी ओर बढ़ा दिया। उसने सारी दवाइयों की खुराक की जानकारी लिख ली और कुछ कैप्सूल अगली सूचना तक न लेने की जानकारी दी। रंग-रूप के कारण व्यक्ति पहचान लिया जाता है कि कौन मूल स्कॉटिश है। यह डॉक्टर भी वैसी नहीं लग रही थी। पूछने पर उसने बताया कि वह श्रीलंकन है और तमिलभाषी है। इतनी दूर परदेश में रोज़गार के लिए लोग आते हैं और जाति, धर्म, देश की सीमाओं को लाँघते हुए विश्व-नागरिक बन जाते हैं। उनका जीवन मुझे कई कुतूहल में पहुँचा गया। इससे पहले कि मैं उनके बारे में और कुछ जाना पाता, 'बेटी' ने अपनी ड्यूटी की समाप्ति से पहले मुझे बताया कि आज रात आपको दूसरे वार्ड में शिफ्ट किया जायेगा। काफ़ी देर तक मैं दूसरी जगह के लिए इन्तज़ार करता रहा। पीड़ा कुछ कम हो गयी थी। रात ग्यारह बजे मुझे झपकी लग गयी। रात डेढ़ बजे मुझे उठाया गया और कहा गया दूसरे वार्ड जाना है। पता नहीं कहाँ जाना है। क्यों जाना है? जो लेने आई थीं, उन्हें केवल मुझे निर्धारित जगह तक छोड़ने के सूचना थी। लिफ़्ट और लम्बे कोरिडॉर को पार करने के बाद मुझे रॉयल इनफिरमरी ऑफ एडिनबरा के वार्ड नं.106–जनरल सर्जरी में शिफ्ट किया गया। वहाँ चार कंपार्टमेंट्स थे। हम दो ही वहाँ थे। रात भर नींद नहीं आयी। पास की केबिन का पेशेंट बहुत सीरियस था। सारे समय मेरे दिमाग़ में तरह-तरह के ख़याल आते। नींद गायब थी। आँख खुली तो मालूम हुआ कि पड़ोस के पेशेंट का निजी सामान तो वहाँ है, पर वह वहाँ नहीं था। वातावरण कुछ इतना सन्नाटेदार था कि किसी से कुछ पूछने की सुविधा नहीं थी। हाँ, राहत की बात यह थी कि इंजेक्शन मेरे बन्द हो गये थे, केवल गोलियाँ खानी होतीं। थोड़ी देर में और दो मरीज़ आये। पर हॉल में एक-दूसरे से दूरियाँ बहुत थीं और पार्टीशन ऐसा बन जाता कि कंपार्टमेंट बिल्कुल अलग हो जाता।

आज दवाइयों की बौछार कम हो गयी थी। सुबह अच्छी-सी चाय मिली और बिस्किट भी। दर्द लगभग ख़त्म हो गया था। मैं सोचता रहा बगलवाला पेशेंट अभी तक नहीं आया। कहाँ गया। क्या हुआ उसके साथ? पर अब पता नहीं क्यों अपने बारे में सोचने लग गया। मेरी वजह से राहुल को कितनी परेशानी हुई...जीवन कितना अनिश्चित है। चार दिन पहले कितनी योजनाएँ थीं दिमाग़ में। यह करूँगा, वह करूँगा...लन्दन जाऊँगा फिर एक बार भाई तेजेन्द्र शर्मा से मिलने। उषाराजे सक्सेना के नये कहानी संग्रह की चर्चा में भाग लूँगा। एक उपन्यास पर काम करना है। पर, सारी योजनाएँ एक ओर धरी रह गयीं और जीने के लाले पड़ गये। सच, जीवन कितना अनिश्चित है। तयशुदा कुछ भी नहीं। फिर भी, हम सोचते हैं, योजनाएँ बनाते हैं, क्यों न करें ज़िन्दा होने का यह प्रमाण जो है। पर ऐसे हालात एक उदासी, एक नकारात्मक बात मन में बो देते हैं...ब्रह्म सत्य...जगत मिथ्या! जगत से मुँह मोड़ लेने की स्थिति आ जाती है। पर बचपन के दिन, युवावस्था के सपने, उस किनारे की दुनिया की एक बुझती तस्वीर अनायास ही मन को अपनी गिरफ़्त में ले लेती है... सब कुछ असार...इस परदेस में कुछ हो गया तो...? कुछ कहीं भी हो सकता है।..जीवन में कुछ सुविधानुसार नहीं होता। पता नहीं कब आँखें बन्द हो गयीं। चारों ओर घुप अँधेरा और...घूमते चेहरे! चेहरे सारे काले...कोई भी परिचित न लगता...ऐसी अनजान दुनिया में मैं कैसे चला आया...क्यों आया? मैं नींद में अपने शरीर को टटोलकर देखता...सब कुछ शून्य...कहीं कोई स्पर्श का नामोनिशान नहीं...मैं केवल एक आभास...एक बेचैनी, एक छटपटाहट, एक स्पर्शहीन छुअन की कोशिश...कैसी स्थिति है यह!? मेरी आवाज़ अंधें कुएँ में चीत्कार रही है, पर किसी को सुनाई नहीं दे रही...कोई सहारा नहीं, कोई बचाने नहीं आ रहा...लगता सागर की अतल गहराइयों में पत्थर बाँधकर छोड़ दिया गया हूँ और कोई जहाज कहीं...कहीं नहीं है।...रेगिस्तानी तूफ़ान में घिरा मैं...आँखों में ढेर सारी रेत छिटककर एक घनघोर अँधेरा बो गया है। जब भी क़दम उठाता हूँ, रेत में धँसता जाता हूँ...कोई छुटकारा नहीं, गला कसता जाता है, जितना मैं किसी को पुकारना चाहता हूँ...काली आकृतियाँ भयावह संगीत और नृत्य के साथ मुझे कसकर उठाने के लिए उतावली होती जा रही हैं। मेरे पास प्रतिकार करने की कोई शक्ति नहीं बची। कोई भी मेरा परिचित नहीं

लग रहा। चारों ओर क्रूरता की खिदखिदाहट...ऐसे घुप अँधेरे में मैं दौड़ रहा हूँ...पेट के काँच के टुकड़े अब पूरे शरीर में दौड़ रहे हैं। पैर लहूलुहान और शक्तिहीन...मैं मुट्ठियाँ भींचकर ज़ोर से चीखना चाहता हूँ...पर मुँह से आवाज़ नहीं निकलती...भागने के लिए पैर उठते ही नहीं और काली आकृतियाँ चीते की तरह मुझ पर झपटने ही वाली थीं कि ऐसा लगा मुझे कोई झकझोर रहा है...पर कोशिशों के बावजूद मेरी आँखें खुलती ही नहीं हैं...झकझोरना और तेज़ हो जाता है।..देखता क्या हूँ कि राहुल पास बैठा मुझे हिला रहा है।..'कोई सपना देखा आपने! कितना पसीना आ गया है आपको इतनी ठण्ड में!' राहुल को देखकर राहत मिली पर वह मुझसे लिपटकर फफककर रोने लगा। दोनों को कुछ शब्द रूप में व्यक्त करने की आवश्यकता नहीं थी। पता नहीं कब तक इसी स्थिति में हम अशब्द एक-दूसरे से बतियाते रहे...!

जब मैं अपने गूढ़ सपने पर कुछ नियन्त्रण पा सका और राहुल जब सामान्य हुआ तब हमने देखा कि टेबल पर दो बड़े सफ़ेद लिफ़ाफ़े रखे हुए हैं। शायद जब मुझे नींद लग गयी थी, तब इन लिफाफों को यहाँ रखा गया होगा। मेरी नींद का उन्होंने सम्मान किया होगा। एक लिफ़ाफ़े में एक हफ़्ते की दवाइयाँ थीं। दिन में तीन बार, पाँच-पाँच गोलियों का सेट था। सब बहुत स्पष्ट और व्यवस्थित। हॉल के बाहर कर्मचारी होते। दोपहर के चार बज रहे थे। बगल का पेशेंट अभी तक नहीं लौटा था। मन उसे लेकर कुछ चिन्तित था, हालाँकि परिचय-पहचान नहीं के बराबर...पर दुख-तकलीफ़ का एक रिश्ता तो था ही। दूसरा लिफ़ाफ़ा देखा। उसमें एक लम्बी रिपोर्ट थी–मेरी तबीयत के बारे में और कुछ सूचनाएँ थीं कि तकलीफ़ होने पर जीपी अर्थात शहर के जनरल प्रैक्टिसनर से सम्पर्क किया जाये। पढ़ते-पढ़ते अन्त में बिल था–लाखों का...!

❑❑